아빠와의 8일간의 동행

From Paris

아빠와의 8일간의 동행
From Paris

초판 1쇄 인쇄 2011년 02월 01일
초판 1쇄 발행 2011년 02월 07일

지은이 l 이가은
펴낸이 l 손형국
펴낸곳 l (주)에세이퍼블리싱
출판등록 l 2004. 12. 1(제315-2008-022호)
주소 l 157-857 서울특별시 강서구 방화3동 316-3번지 한국계량계측협동조합 102호
홈페이지 l www.book.co.kr
전화번호 l (02)3159-9638~40
팩스 l (02)3159-9637

ISBN 978-89-6023-533-5 03810

From Paris

이가은 사진·글

출간을 기획하기까지

아버지께서는 직업상(대금 연주자) 해외에 나가시는 일이 많다. 세계 여러 나라를 다녀오시면 이야기를 들려주신다. 그리고 내가 크면 함께 가고 싶다고도 하셨다. 단순한 여행이라면 어렸을 때부터 이미 많이 다녔다. 그러나 아버지께서는 관광이나 유람을 하자는 것이 아니라 진정한 '동행' 을 하자는 뜻이라고 하셨다. 그리고 그 시작을 '파리' 에서 하자고 하셨다.

실은 4년 전 파리를 다녀왔다. 그땐 아빠의 어깨 너머로 파리를 보았다. 아직 어린 나를 아빠가 메고 안고 다니시면서 파리를 보여 주셨다. 파리는 그 자체가 하나의 예술품이었다. 이국적인 거리 자체가 신기했고 오랜 역사를 가진 건물과 박물관 안의 유물 각종 미술품들이 시선을 사로잡았다. 그러나 시간이 지날수록 점점 지루하고 따분해졌고 돌아왔을 때도 크게 기억 남는 이미지가 없었다. 신나서 떠난 여행이었는데 돌아왔을 때의 느낌은 예상했던 것과 판이하게 달라 당황스럽기까지 했다. 왜 이 여행이 그리

되었을까 곰곰이 생각해 보았더니, 결론은 모든 것을 아빠에게 의지했기 때문이라는 사실을 알게 되었다. 내 발로 걷고, 내가 직접 보지 않으면 안 된다는 것을 깨닫게 되었다. 그래서 달라지기로 결심을 했다.

여행 준비를 처음부터 다시 시작했다. 영어 공부에 전념했다. 글을 읽을 수 있어야 훨씬 더 많은 것을 볼 수 있다는 것을 지난 여행을 통해 알게 되었기 때문이다. 사전 정보 수집에도 집중했다. 물론 옆에는 아빠가 함께 있었다. 여행 관련 서적을 보면서 좀 이상하다는 생각이 들었는데, 우리나라 책들은 지나치게 실용적인 측면만을 강조하고 있다는 것이었다. 먹을거리, 교통편, 예쁜 사진 위주로 꾸며진 책 속에서는 역사 문화를 이해할 수 있는 눈을 배울 수가 없었다. 우연한 기회에 영어로 쓰인 가이드 책을 보게 되었는데 실용적인 정보뿐만 아니라 그 나라와 도시를 이해하는 눈을 넓히는 데 주력을 하고 있어 놀라웠다. 이것이 이번 여행을 다녀오면 나만의 경험을 바탕으로 책을 내겠다는 생각을 하게 된 또 하나의 계기이기도 하다.

날씨가 좋은 봄을 택해서 야심차게 다시 파리를 방문했다. 파리에서는 계속 걸었다. 목적지 근처까지 기차, 버스, 지하철로 이동하고 나머지는 종일 걸어 다니면서 아빠와 파리에 관련된 이야기를 나누고 직접 찾아가보았다. 책에서 본 것, 아빠의 경험 등을 직접 내가 느꼈을 때 가슴 속에 전율이 느껴졌다. 오래 이 기억을 간직하고 싶고, 이 느낌을 다른 이에게 나누어 주고 싶었다. 책에는 8일 동안의 파리 경험을 자세하게 쓸 예정이다. 왜 파리여야 했는지, 아빠와 동행이 된다는 것이 어떠한 의미를 갖는지 등 다른 여행 가이드 책에는 없는 이야기를 쓸 예정이다.

아버지께서는 종종 "아내에게는 러시아를 딸에게는 파리를 선물하고 싶다"고 하셨는데 그 말의 의미를 이제는 조금은 알 수 있게 되었다. 이번 파리에서의 경험을 통해 여행이란 것에 대한 생각이 바뀌게 되었다. 내 꿈은 유엔에 들어가 인류에게 유익한 일을 하는 것이다. 내 손으로 세계를 변화시키고 싶다는 생각 때문이었는데, 이 경험을 통해 여행은 그곳으로 가는 디딤돌이라는 것을 알게 된 것이다. 스스로 걷고 보면서 하는 경험이 처음이라 좌충우돌이었지만 옆에서 함께 걸어준 아빠가 있었기에 무사히 마칠 수 있었다. 인생의 스승인 아빠와 '진정한 동행'이 되기 위해서 이 경험을 소중히 기억하고 기록하려 한다.

Beginning the book

Being a Korean flute player, Dad often travels abroad.
He would tell me stories about the countries where he has
travelled. Then he would add, "I would love to travel
with you when you grow up." Sure, I've had trips, but
not in the way my dad means. He doesn't mean trips for
sightseeing or leisure. He means travel together as 'travel
companions' in the truest sense of the word. He also
said that we would start from Paris.

I did go to Paris 4 years ago. I saw the city through my
dad's eyes—or on his shoulders, since he carried me then.
Paris was a piece of art. Exotic streets, ancient buildings,
relics and arts in museums wowed me at first. The novelty
ran out soon and I got tired of the city and I could hardly
remember anything special from the trip. So different was
my impression from my expectation that I even felt a little

puzzled. I wondered why I wasn't impressed by one of the most intriguing cities in the world. I eventually decided that it was because I depended on my dad for everything. I realized I wouldn't be able to take anything away with me unless I took a more active role in the process.

For my second trip to Paris, I planned ahead. I focused on studying English because from my last trip I learned that I could appreciate a lot more if I knew the language very well. Of course I should have studied French, but it was going to take too long so I settled on English, which I had been studying already. At the same time, I gathered information on the city. I noticed that Korean travel books were very practical, maybe a little too practical. Food, transportation and pretty photos covered the pages, not helping much to learn about history and culture. I happened upon an English travel book on the city and was surprised to find out that it was devoted to information about the city and the country as well as the practical information. This is one of the reasons I decided to publish a book based on my experience.

So I went back to Paris with this purpose. I walked and walked around the city. Dad and I would take trains, buses or subways close to the destination and walk all day, talking about the places we were visiting. I felt thrills when I stepped into places that I have only seen in books or heard from Dad. I wanted to keep the memory for as long as I could, and I also wanted to share it with others, so I am planning to write about my experience in Paris in detail. I mean to describe why it had to be Paris and what it meant to travel with Dad as equal companions

−things that other travel books don' t talk about.

Dad used to say "I want to present Russia to my wife and Paris to my daughter." Now I feel I can understand what he meant. This trip to Paris changed my perception of traveling. My dream is to work for the UN and do good things for humanity, and the experience I had on this trip will be a stepping stone to achieving that dream. I made a lot of mistakes during the trip but it all worked out in the end thanks to Dad. He is my mentor and I will always strive to become a real travel companion for him. It was a precious experience and I will do my best to remember and record the wonderful trip we had.

프롤로그 : 다시, 파리로

　　"엄마, 이제 그만 챙기세요!"

　결국 내가 소리치고 말았다. 가족 여행을 떠나는 날 아침이면 한바탕 소동이 일어난다. 소동의 원인은 항상 걱정 많은 엄마였다. 이번처럼 해외로 나갈 때는 더 정신이 없다. 준비성이 철저하다고 하기에는 가방이 지나치게 커져가기 때문이다.

　　"좋아요 좋아. 가서 한식 안 먹는다고 아빠랑 나한테 짜증내시지 말고 그냥 엄마가 먹을 건 알아서 다　챙기세요."

　　"그래 좋아. 흥, 이 씨들 잘났다, 잘났어. 막상 가서 내 가방에 손대기만 해 봐."

　엄마도 조금도 물러서지 않았다. 이번에도 결국 아빠와 내가 손을 들고 말았다. 엄마의 짐 중 3분의 2는 　'엄마의 일용할 양식'인 걸 보면서 기가 막혀 그저 바라보기만 해야 했다.

　우여곡절 끝에 짐 싸기를 마쳤지만 사실 그 과정마저도 즐겁기만 했다.

　　'아~ 4년 만에 다시 가는 파리구나.'

지난 4년간의 시간이 머릿속에서 파노라마처럼 지나갔다. 그동안 다시 떠나기 위해 준비를 하던 그 시간과 노력을 생각하자 설레는 마음은 한층 더해졌다. 공항에서도 다른 여행 때와는 달리 대기 시간이 길게만 느껴졌다. 이렇게 상기되어 있는 내 마음을 아시는지 아빠는 미소를 띠우며 손을 꼭 잡아주셨다.

'그래, 이렇게 아빠와 손을 잡고 나란히 걸어보는 거야. 아빠와의 동행! 그동안 수도 없이 꿈꾸었던 순간 이잖아. 가은아 잘할 수 있어.'

이렇게 스스로를 다독이며 힘차게 비행기에 올랐다.

인천에서부터 파리 샤를드골 공항까지는 약 12시간 정도 소요되었다. 어느 순간 창 밖에 펼쳐진 프랑스의 집과 호수들이 눈 안에 들어왔다. 드디어 도착이다.

한국에서 미리 날씨 검색을 했을 때에는 그리 춥지 않다고 해서 얇은 옷을 입고 나섰는데 게이트에서 불어오는 찬바람에 순간 멈칫했다. 가방 안에 들어 있는 옷들을 생각해보니 걱정이 밀려왔다.

'아…너무 춥다! 어떡하지? 한겨울도 아닌데 얼어 죽지는 않겠지.'

현지에서의 체감 온도는 다르다는 교훈을 추위에 떨면서 온 몸으로 배우게 생겼구나 싶었다.

'그래도 오늘만 추워야 될 텐데. 제발, 좋은 날씨를 내려주세요~'

비가 오고 우중충하던 4년 전 파리가 떠올랐다. 제대로 여행을 하지 못했던 큰 핑계를 날씨 탓으로 돌릴 수 있을 만큼이었다. 그림엽서에서 보던 예쁜 파리의 모습을 이번에도 만날 수 없게 되면 어쩌나 걱정이 앞섰다. 공항은 한창 리뉴얼 작업인지 페인트 냄새와 카펫 냄새가 심했다. 추운 날씨 때문에 우울해져 있던 참이어서 잠깐 짜증이 났다. 하지만 곧 마음을 다시 다잡았다.

'뭐 어때. 그래도 내가 좋아하는 파리에 이렇게 도착했는데. 잘

될 거야, 다!'

　파리 공항에서는 4년 전과 다르게 입국 신고서를 쓰지 않았다. 여권에 도장 한 번만 찍으면 바로 나갈 수 있어서 매우 편했다. 공항을 나가기 위해 짐을 찾는데 다섯 살 정도 되는 한국 여자아이가 눈에 들어왔다. 버버리 프렌치 코트를 입고 컨버스 운동화를 신은 그 아이는 한 쪽 손을 주머니에 꽂은 채 아빠와 함께 서 있었다. 가벼운 차림새로 보아 프랑스에서 살고 있는 듯했다. 여유롭고 자연스러운 그 모습이 무척 멋있어 보였다.

　'우와, 폼 난다. 어린 아이도 저렇게 멋있을 수 있잖아. 가은아 너도 할 수 있어. 준비 많이 했잖아. 자 이제 시작해보자~! 파리 속으로 멋지게 들어가 보는 거야.'

설렘, 다시 온 파리

오랑주리 미술관

　파리에서는 매주 첫째 일요일마다 미술관을 무료로 개방한다. 파리가 예술의 도시로 성장할 수 있었던 이유가 작가, 예술가, 패션 디자이너들에게 지원을 아끼지 않았기 때문이라는 이야기를 아빠에게 들은 적이 있다. 관광객이 많은 일요일 날 미술관을 무료로 입장하게 하는 이러한 방침에서도 파리의 정신을 발견할 수 있다는 생각이 들었다. 평소에도 사람이 몰리는 루브르 박물관은 무료입장이 가능한 날이 되면 한나절은 넘게 줄을 서야 한다. 파리에서 줄을 섰던 기억만을 갖고 싶지 않다면 여행 코스를 잘 짤 필요가 있다. 파리를 예술의 도시라고 하는 이유는 건물 자체가 예술품이기도 하지만 그만큼 미술관이 많기 때문이다. 아빠는 동선을 고려해 Musee national de l' Orangerie (오랑주리 미술관)에 먼저 가자고 하셨다.

'으악! 저 줄을 보라.' 첫째 일요일에는 매번 이렇게 줄을 서야 하나 잘 생각하고 스케줄을 짜야 할 것 같다.

from Paris

오랑주리 미술관 가는 길목에 콩코르드 광장이 있는데 저기 뒤에 우뚝 솟은 록소르 신전 오벨리스크는 무려 23m나 되고 3200년이나 되었단다.

　　예상대로 오랑주리 미술관은 20~30분 만에 입장할 수 있었다. 들어가자마자 검색대를 지나서 배낭과 모든 소지품(필요한 휴대전화나 카메라 등을 빼고)을 맡겨야 했다. 오랑주리 미술관은 한 마디로 ‘살아 숨 쉬는 미술교과서’ 라 생각하면 된다. 미술관을 말 그대로 ‘미술품 작품을 전시하는 곳’ 이라고 한다면, 미술 책 안에서 보고 들었던 작가들을 현장에서 그대로 만날 수 있는 이곳이야 말로 최고의 미술관이 아닌가 싶을 정도였다.

비록 루브르 박물관에 비하면 긴 줄은 아니지만 거센 바람 때문에 조금 고생스럽기는 하다.

Paul Cezanne(폴 세잔), Pierre-Auguste Renoir(르느아르), Henri Rousseau(앙리 루소), Pablo Picasso(피카소), Henri Matisse(앙리 마티스), Andre Derain(드랭), 특히나 Claude Monet(모네) 등의 유명한 화가들의 그림들로 가득 차 있었다.

폴 세잔- 사과와 비스킷

폴 세잔- 예술가의 아들 초상화

르느아르- 피아노를 치는 소녀들

피카소- 탬버린을 든 여자

한국에서 르느아르 전을 할때 포스터로
본 그림이라 그런지 낯설지가 않았다.

아빠가 이 그림을 예전 교과서에서 본 적이 있다고 말씀하시고 계신다.

처음에는 그냥 그림만 볼 생각에 헤드셋을 빌리지 않았는데 그림을 관람할수록 너무나 궁금해서 안 빌릴 수가 없었다.

아빠와 나는 너무나도 심각하게 그림을 감상중이다.

특히 두 개의 방으로 되어 있는 모네의 수련은 정말 가히 그 웅장함에 고개를 떨어뜨릴 수밖에 없었다. 어떻게 저렇게 굉장한 그림을 얼마동안 그릴 수 있었을까? 수련의 배경은 그의 집 연못인 지베르니이다. 직접 연못을 가본 것도 아닌데 그림만으로도 충분히 지베르니 연못의 아름다움을 느낄 수 있었다. 그림은 전체적으로 보랏빛 색감을 띠고 있었는데 그 쓸쓸함이 그대로 전해지는 듯했다.

마티스는 한국에서 전시회를 할 때 이미 만난 적이 있다. 다시 만나게 되었다는 기쁨에 더욱 주목하게 되었다. 그러나 어렸을 때 보았던 마티스와 오랑주리에서의 마티스는 사뭇 느낌이 달랐다. 그림도 훨씬 많고 다양해서 더 많은 마티스의 세계를 더 많이 볼 수 있을 뿐만 아니라, 다른 거장들의 그림과 함께 비교하며 볼 수 있는 재미까지 더해졌다. 이런 과정을 통해 각 화가의 느낌이 새롭게 정립되었다.

Andre Derain(드랭)의 Arquin et Pierrot(어릿광대와 피에로)
의 그림 앞에서 한참을 머물렀다. 그림을 보고 있으니 현실마저도
모두 즐거워지는 듯한 느낌이 들어 자리를 뜰 수가 없었다. 사람
의 감정을 그림 속에 담아낸다는 것이 이런 것이란 것을 알게 해
준 이 경험은 오래 기억으로 남을 것 같다.

이렇듯 오랑주리 미술관은 거장과의 만남의 장소다. 미술을 전공
하는 사람 혹은 미술에 입문하는 사람이 꼭 한 번 다녀갔으면 좋
겠다는 생각이 드는 미술관이었다.

오르세 미술관

　오랑주리 미술관에서 센 강을 끼고 10분 정도 걸으면 Musee d' Orsay(오르세 미술관)이다. 날씨는 여전히 춥고 음산했다. 그러나 미술품을 보려는 사람들의 열기는 뜨거웠다. 오르세 미술관 앞 역시 무료입장의 혜택을 누리려는 사람으로 인산인해다. 엄마는 어떻게 날짜도 이렇게 잡으셨을까. 우리는 과연 오르세 미술관을 볼 수 있을까? 개인적으로 나는 오르세 미술관을 꼭 가보고 싶었다. 왜냐하면 내가 좋아하는 빈센트 반 고흐의 그림의 배경이 되었던 오베르 쉬르 우아즈의 그림들이 오르세 미술관에 있었기 때문이다. 어떻게든 들어가려고 줄을 서 보았지만 두 시간 안에는 기대하기가 힘들었다. 너무 가보고 싶었던 오르세 미술관이었지만 우리는 다른 박물관으로 향했다. 다시 파리에 올 이유가 이렇게 하나 더 생긴 셈이다.

오랑주리 미술관에서 나오면 강을 따라 오르세 미술관으로 가는 길이 있다. 저 멀리 오른쪽에 있는 건물이 오르세 미술관이다.

드디어 다리를 건너 오르세 미술관
으로 진입 중이다.

여기도 기다리는 줄이 인산인해이
다. 도대체 몇 줄인 거야? 그러면
안에는 과연?

From Paris

기메 미술관

　Musee national des Arts asiatiques-Guimet(기메 동양 박물관)으로 향할 때 우리는 완전히 지쳐 있었다. 아침부터 서둘렀지만 파리에서 미술관 구경을 하는 일이 생각보다 더 많은 시간과 체력을 요구했기 때문이었다.

　기메 박물관은 Boissiere역에서 도보로 5~10분 거리이다. 아빠는 프랑스 미술을 보기로 했다면 이곳을 반드시 들러야 한다고 하셨다. 그러나 나는 썩 내키지가 않았다. 미술관 안에 있는 물건은 우리나라에서도 충분히 접할 수 있는 것들인데 굳이 왜 파리까지 와서 보아야 하는지 알 수 없었기 때문이었다. 그래서 해설 헤드폰도 신청하지 않았다. 그냥 한 번 둘러보고 나오려고 했기 때문이다. 그러나 별 기대 없이 들어섰던 미술관은 곧 놀라움으로 다가왔다. 기메 미술관에는 예상보다 더 많은 문화재가 있었다. 우리나라에서 볼 수 있는 물건이란 느낌을 넘어 '파리에서 만나는 아시아' 였다.

들어가기 전에는 이렇게까지
놀라울 거라고는 알지 못했다.

입구로 다시 돌아가 해설 헤드폰을 신청하지 않을 수 없었다. 김홍도의 민화 팔폭 병풍과 신라 금관, 삼국시대의 반가사유상을 비롯한 불상들과 천수관음보살상, 그리고 여러 가지 불화 등 불교 미술품이 어떻게 여기까지 와서 파리에 있는 미술관에 전시되게 되었는지 알고 싶어졌기 때문이다. 그러나 해설에는 미술품에 대한 설명만 나올 뿐이었다. 안타깝게도 유물이 파리까지 흘러들어온 과정에 대한 설명은 생략되어 있었다. 약탈이 틀림없다는 생각이 들었다. 그 과정이 투명하다면 숨길 필요가 없을 텐데 말이다. 아빠는 테제베가 들어올 때 이야기를 해주셨다. 우리나라에 KTX가 생길 때쯤 프랑스 정부가 문화재를 반환하겠다는 약속을 한 적이 있었으나, 프랑스 정권이 바뀌면서 없던 일로 흐지부지 되고 말았다는 것이다. 프랑스 사람들의 문화재나 유물에 대한 집착을 볼 수 있는 부분이라는 생각이 들었다. 이러한 욕심들이 오늘날 파리에 관광객을 집중시키게 하는 밑거름이었다는 생각이 들자 씁쓸한 느낌이 들었다. 반환되어야 마땅한 문화재이지만 언제 우리나라로 오게 될지는 미지수이겠구나 싶었다. 그나마 다행이라는 생각이 든 것은 전시장의 규모가 중국, 일본, 한국 순이었다는 점이었다. 우리나라의 문화재들이 그래도 덜 빼앗긴 셈이 되는 것으로 애써 위안 삼으며 건물을 나섰다. 아빠가 왜 기메 미술관에 가야만 한다고 그렇게 고집을 부리셨는지를 알 수 있었다. 아빠는 나에게 깊이 있는 생각과 널리 보는 눈을 만들어 주시고 싶었던 것이다. 미술관을 한 번 다녀온다고 꼭 그렇게 되는 것은 아니지만 한국에 와서도 내내 그때 그곳에서 느꼈던 마음이 남아 있다. 외국에 나가면 애국자가 된다는 말이 있다. 나 역시도 파리를 방문하는 사람들에게, 특히 나와 같은 학생들이라면 기메 미술관을 적극 추천하고 싶다.

김홍도의 민화 팔폭 병풍

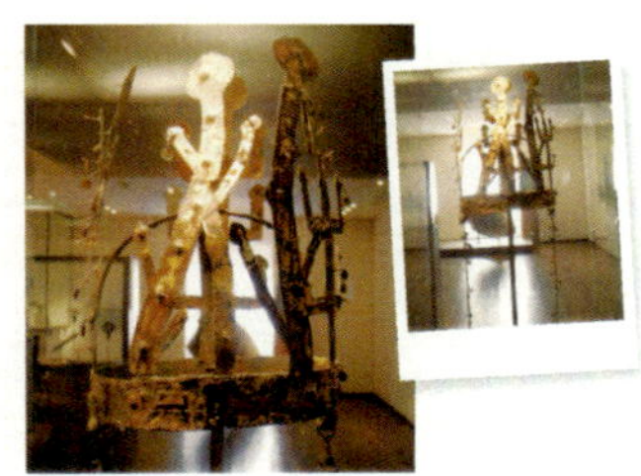

신라 금관

삼국시대의 반가사유상

천수관음보살상

이것을 보면서 너무 무서우면서도 신기했다.

　　기메 박물관 근처에는 Musee Galliera(갈리에라 박물관)이 있어 함께 관람하는 코스를 짜면 더 좋을 것이다. 아쉽게도 그날 우

리는 문 앞까지 찾아갔지만 '사정에 의해 잠시 쉰다.' 는 내용의
글로 정중히 거절당했다.

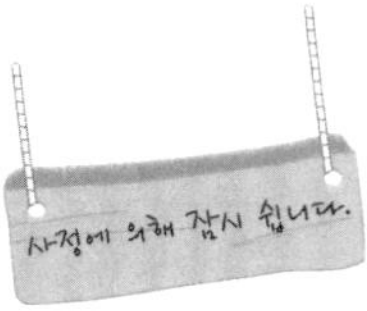

루브르 박물관

　더 이상 설명이 필요 없는 세계적인 박물관이다. 이 말은 동시에 항상 관광객들로 붐빌 수밖에 없는 곳이라는 뜻이기도 하다. 도착 첫날부터 오려고 했지만 효율적으로 시간을 쓰자는 아빠의 의견에 따라서 발길을 돌렸던 곳을 떠나기 전날에 다시 들렀다. 시간이 걸리더라도 파리에서 루브르를 보지 않고 갈 수는 없었기 때문이었다. 루브르를 보기 위해서는 일주일로도 모자라다는 말이 있다. 소장된 미술 작품만 40여 만 점이 넘는 세계 3대 박물관이라고 하니 그럴 만도 하다.

　아침식사를 마친 뒤 서둘러 Musee de Louvre(루브르 박물관)으로 향했다. 날씨는 하염없이 쨍쨍했다. 이른 시간이었는데 루브르 앞에는 벌써 사람들이 모여 있었다. 그러나 무료입장을 하는 날만큼의 어마어마한 인파는 아니었다. 역시 전 세계적으로 공짜는 다 좋아하나보군 하고 생각하니 웃음이 났다.

일요일에 한번 오고 허탕 친 길이라 그때 보았던 그
긴 줄을 다시 보게 될까봐 루브르 가는 길이 조금은
두려웠다. 그런데 아빠는 너무 해맑으시다.

아빠는 정말 좋
으신가 보다.

아빠가 티켓을 사기 위해 긴 줄을 서셨다.
그 뒤에는 많은 사람들이 기다리고 있다.

이른 아침임에도 불구하고 루브르
피라미드 안에는 사람들이 바글바
글하다.

박물관은 원래 13세기 초에 성채로 건립되었던 것을 16세기 이르러 르네상스 양식으로 재건한 것이라고 한다. 르네상스 양식의 대표로 언급되는 박물관의 모습이 실제로는 다른 것에서 출발했다는 점이 흥미롭지 않을 수 없었다. 더구나 파리에 있는 미술관이라면 프랑스의 미술품을 전시하는 것으로 시작하는 것이 맞을 것 같은데, 특이하게 루브르는 이탈리아 화가들의 작품을 전시한 것이 그 시초가 되었다고 한다.

　20분 정도 줄을 선 후 피라미드 밑으로 내려갔다. 그런데 그 앞
에는 또 다른 긴 줄이 기다리고 있었다. 매표소는 5군데인데 줄
은 각 매표소당 6줄씩 서 있었으니 루브르의 명성이 어떤지를 알
수 있는 장면이다. 아빠가 줄을 서 계시고 나는 안내 책자를 받아
오기 위해 information desk로 향했다. 이게 어찌된 일인가. 4년
전만 해도 없었던 한국어판 책자가 있는 것이 아닌가. 이 책자는
Samsung 전자 프랑스 법인의 후원으로 인쇄 되었다고 책자에
쓰여 있다.

　　　사실 어느 곳에 가든 한국어
로 된 책자나 오디오 가이드가
없어서 참 아쉬웠다. 어딜 가든
일본어 가이드북까지는 있지만
우리나라는 그 어떤 곳에서도 조그만 것까지도 찾아보기가 힘들
었다. 일본이 얼마나 자기 나라 홍보에 전력을 다하고 있는 지를
느꼈다. 어쨌든 정부가 아닌 민간 업체에서라도 이렇게 신경 쓰는
것을 보면 참 다행이 아닐 수가 없다. 더욱 더 놀라게 한 건 대한

항공에서도 오디오 가이드를 한국어로 후원하고 있다는 것이다. 이런 노력들이 모여서 더 큰 결실을 맺을 수 있을 것이라는 기대를 갖게 된 것만으로도 큰 수확이었다.

박물관에 들어서자마자 우선 Richelieu(리슐리외) 관 반 지하에서 1층으로 들어갔다. 프랑스의 5~18세기 조각들과 메소포타미아 유물(함무라비 법전), 중세 조각 중 가장 대표적인 것으로 거의 실물 크기로 제작 되어 있는, 검은 두건을 쓰고 옆구리에 방패를 단채 고개를 푹 숙인 수도자로 보이는 여덟 명의 사람들이 죽은 사람의 상여를 메고 무덤으로 가는 장면을 묘사한 조각을 만날 수가 있는 곳이었다. 함무라비 법전은 돌에 빼곡하게 글씨가 적혀 있었는데 사람이 썼다는 것을 확인할 수 있었다.

2층으로 올라가면 중세 실, 르네상스 실, 17세기 실, 나폴레옹 3실, 19세기 실 등으로 나뉘는 장식 미술품을 볼 수가 있다. Sully(슐리) 관으로 들어가 반 지층부터 2층까지 고대 이집트, 그리스, 지중해 및 페르시

아의 유물들을 보았다. 그 중 스핑크스와 미라는 무섭게 다가왔다. 보존 상태가 좋아 영화에서 본 것처럼 살아 움직일 듯했기 때문이었다. 미라 옆에는 장기들이 병에 따로 보관되어 있었다. 이런 철저한 관리가 루브르로 사람을 모이게 하는구나 하는 감탄이 날 정도로 생생했던 순간이었다. 슐리관 12 전시실에는 Vinus de Milo (밀로의 비너스)가 있었다. 작가가 알려져 있지 않은 이 조각상은 팔이 없다는 사실로 더 유명해 졌는데 반쯤 입은 옷 때문에 비너스라고 여겼던 것이다. 밀로의 비너스에서 '밀로' 라는 단어는 그리스에 있는 Milos라는 섬에서 파손된 채 조각상이 발견되어서 '밀로의 비너스' 라고 부른다고 한다.

스핑크스 - 만화에서만 보던 화려한 스핑크스를 실제로 보니 꽤 허전해 보였다.

밀로의 비너스 - 가는 길목에 있어서 모르고 지나치는 사람들도 꽤 있을 것 같았다. 의외로 더 화려하지도 않았고 조금 슬퍼 보이기까지 했다.

우리는 슐리관을 나와 드농관으로 갔다. 반 지층부터 이층까지 유명한 것들은 다 여기에 있는 모양이다. 사모트라케의 니케 상 (Victoire de Samothrace), 아폴로 갤러리 (Gallerie d' Apollon), 그리고 모나리자가 주요 볼거리다.

2층으로 올라가 레오나르도 다 빈치의 모나리자를 보았다. 나무판에 그려진 비교적 자그마한 모나리자는 레오나르도 다빈치의 대표적으로 손꼽히는 작품이므로 루브르 박물관에서도 가장 많은 관광객이 찾는 작품 중 하나이다. 기대를 많이 해서인지 오히려 모나리자는 평범하고 크기도 작은 그림이라 여겨졌다. 미술사에서의 의미를 알지 못했다면 왜 이렇게 위대한 평가를 받는지 이해하지 못했을 것이다. 유명한 작품을 실제로 봤다는 기념으로 모나리자의 사진을 찍으려고 앞으로 나갔다. 그렇게 열심히 찍었건만 그림이 너무나도 작아서 선명하게 사진이 찍혀지지 않았다. 루브르 박물관을 하루 만에 전부 구경하기란 불가능하다. 그만큼

아빠랑 딸의 행복한 동행 from Paris

규모가 방대하기 때문이다. 할 수 없이 다 보지 못한 부분은 다음
을 기약할 수밖에 없었다. 그러나 다시 파리에 올 생각을 하니 아
쉬움이 한결 줄어들었다.

'기다려라 루브르! 내가 다시 오는 그날까지….'

프랑스를 상징하는 건축물은 뭐니 뭐니 해도 에펠탑일 것이다. 파리에서 엽서를 받는다면 왠지 에펠탑이 그려져 있을 것만 같은 느낌이 들 정도로 그 상징성은 크다. 4년 전 에펠탑에 왔을 때도 걷기 여행을 고집하시는 아빠 때문에 꼭대기까지 올랐던 기억이 났다. 그러나 당시 나는 아직 어렸고 여행에 재미를 느끼지 못한 채 지쳐 있는 상태였기 때문에, 아빠가 나를 안고 계단을 오르셨다. 사실 그때의 나는 아빠에게 안겨있었기 때문에 어디론가 가고 있다는 것밖에 몰랐다. 하지만 정상에서 내려다보았던 장난감 같던 파리 시내의 모습은 지금까지도 기억에 남아 있다. 이제는 내 두 발로 아빠와 함께 걸어 올라갈 수 있다는 생각에 가슴이 벅찼다. 분명 힘들었을 텐데도 나를 안고 한층 한층 계단을 밟아 올라가셨던 아빠는 과연 무엇을 보려고 하셨던 것일까.

에펠탑으로 향할 때는 해가 뉘엿뉘엿 지고 있었다. Bir-Hakeim 역에서 나오면 Sortie(프랑스어로 출구) 2로 나와서 도보로 약 10분 정도 걸으면 에펠탑 앞에 도착할 수 있다.

지하철에서 내려서 몇 발짝 걷지 않은 것 같은데 벌써 에펠탑이 보이기 시작했다. 과연 그 크기의 웅장함은 대단했다. 에펠탑을 쳐다보면서 걷는 십 분 정도의 시간은 마치 일 분과도 같다. 그 웅

장함에 넋을 놓을 수밖에 없어 시간이라는 감각이 순간 마비 되기 때문이다.

에펠탑에 가려면 이 역에서 하차해야 한다.

지하철역에서 바라보는 에펠탑은 웅장함 그 자체이다.

점점 에펠탑과 가까워질수록 가슴이 콩닥콩닥 뛴다. ♥♥

아빠는 에펠탑 근처에 도착하면 절대 상인들의 눈을 보지 말라고 경고하셨다. 상인들과 눈을 마주치는 순간 홀리게 될 것이라고 말이다.

'무슨 구미호도 아니고 눈만 마주치면 정신을 홀리게 되는 게 말이 돼? 아빠가 나를 놀리시려고 괜히 하시는 말씀이겠지?'

하지만 막상 에펠탑 앞에 도착했을 때 아빠의 말을 이해할 수 있게 되었다. 에펠탑 앞에는 많은 상인들이 관광객 홀리기에 나서 있었기 때문이다. 눈만 마주치면 끝까지 따라붙어 순식간에 물건 파는 데 성공했다. 에펠탑의 웅장함에 마음을 빼앗긴 많은 관광객들은 상인들의 말 몇 마디에 기념품이며 각종 물품들을 너나없이 사고 말았다. 세계 각국의 사람을 보고도 전혀 머뭇거림이 없는 상인들의 모습은 얼마나 많은 관광객이 에펠탑을 방문하는지를 짐작조차 할 수 없게 했다.

에펠탑을 배경으로 수 없이 많은 관광객들이 사진을 찍고 있었다. 파리하면 생각나는 건축물이니 파리를 다녀왔다는 가장 결정적인 증거가 되는 사진이 되겠구나 하는 생각이 들었다. 그러면서 어느새 나도 포즈를 취하면서 사진을 찍고 있었다.

에펠탑 앞의 또 하나의 장관은 꼭대기로 올라가는 엘리베이터 앞에 늘어서 있는 긴 줄이다. 세계적으로 높은 건물 중의 하나로 꼽히는 에펠탑에서 내려다보는 전망은 장관이라 소문이 나 있다. 그 전망을 보기 위해 끝도 보이지 않을 만큼 긴 줄을 두고 계단을 택했다.

계단을 택한 관광객도 생각보다 많았다. 각 층에서 내려다보는 전망이 어떤지를 경험하고 싶은 호기심이 높은 계단을 오르게 하는 힘이 되는 듯했다. 2층에는 바닥이 투명 유리로 되어 있는 부분이 있는데, 그 위에 서 있으면 1층 사람들의 움직임이 훤히 들여다보였다. 층이 사라지고 사람 머리 위에 떠 있는 기분을 느끼고 싶다면 2층에 잠시 머무르기를 권하고 싶다. 한층 한층 오를 때마다 파리 시내는 점점 까마득해져갔는데 그 풍경은 관광객들의 마음을 사로잡기에 충분했다. 이런 느낌을 아빠는 나와 공유하고 싶었나보다. 순식간에 올라가면 시간은 절약할 수 있지만 걸어가면서는 그보다 언제나 더 많은 것을 얻을 수 있다.

파리 시내는 4년 전 그때와 같이 여전히 조그맣게 보였다. 줄을 맞추어 늘어선 작고 예쁜 도시는 인형의 도시 같았다. 아빠는 파리의 건물이 다닥다닥 붙어있다는 느낌이 들지 않느냐고 물으셨다. 과연 그러고 보니 건물과의 간격이 촘촘해 보였다. 만일 지진이 나면 건물이 도미노처럼 쓰러지게 되어 결국 그 건물들이 서로를 지탱할 수 있게 줄을 맞추고 간격을 계산해서 건물을 지은 것이라는 아빠의 설명을 듣자 경이로웠다. 계획적으로 만들어진 도시라는 말의 의미를 되새기면서 다시 한 번 파리를 내려다보았다. 과연 누군가 미리 계획하고 조감하지 않았다면 이렇게까지 줄을 맞추어 늘어설 수는 없었을 것 같다는 생각이 들었다.

에펠탑 위에서 내려다보는 파리를 내 눈과 마음에 고스란히 담은 후 엘리베이터에 올랐다. 밖이 내다보이는 엘리베이터는 금방 일층으로 우리 가족을 데려다 놓았다.

모델처럼 몸을 그럴싸하게 잡아 보았
더니 옆에 있는 꼬마가 마냥 신기하
게 쳐다보고 있다.

저 멀리 정 가운데에 있는 넓은
샹드 막스와 육군사관학교가
보인다.

　노트르담을 찾은 날은 유난히 맑고 청량한 날씨였다. 푸른 하늘 밑에 서 있는 성당은 어마어마한 크기만으로도 충분히 나를 압도하였다. 숨이 훅 막히는 기분 때문에 순간 말문이 막혀 멍하니 서 있는 나를 보신 아빠는 웃음을 지으셨다. 그 이유를 물으니 무언가를 보고 느끼고 있는 내가 많이 큰 것 같아 대견스러워서 그런다고 하셨다. 아빠는 숭고미에 대해서도 설명을 하셨는데 자세하게는 이해하지 못했지만, 거대한 무언가와 알 수 없는 기운들에 압도당하면서 말로 표현할 수 없는 감정을 느꼈던 이 순간을 오래 기억해야 한다는 사실만은 확실히 알 수 있었다.

오늘 같은 날씨는 복 받은 날씨로구나~
날씨가 좋으니 경건한 노트르담 대성당도 활기차 보인다.

노트르담 대성당 광장에는 많은 사람들이 줄을 서 있었다. 나와 같은 관광객도 있고, 견학 나온 파리 유치원 아이들도 있고, 지방에서 올라온 프랑스 사람들도 있었다. 신앙심 때문에 기도하러 온 사람들도 있었는데 옆에서 지켜보는 것만으로도 경건한 기분이 들었다. 조금 전 들었던 기분이 연장되어서 그런지 엄숙한 느낌으로 줄을 서게 되었다.

노트르담 성당이 유료 입장이라는 사람과 무료입장이라는 사람이 있었는데, 막상 직접 가보니 성당 입장 자체는 무료이고 성당의 꼭대기까지 가는 건 유료라는 사실을 확인할 수 있었다. 이런 정보까지 자세히 알려주는 여행 가이드 책이 없다는 점에 대해 다시 한 번 아쉬움을 느꼈다.

성당 안에 들어서자 이상한 느낌이 들었다. 벽이 온통 보라색이었기 때문이다. 4년 전에 노트르담 대성당에 왔을 때 벽에는 십자가가 있었고 거기에는 예수님 상이 매달려있었다는 사실이 기억났다. 그 자리마다 모두 다 보라색 천으로 덮여져 있다는 것을 깨

닫자 궁금증이 생겼다. 왜일까? 너무 많은 사람들이 방문하기 때문에 예술품의 보호 때문에 그리한 걸까? 아니면 오랜 세월이 지나기 때문에 조금씩 부식이 되기 때문에 가리려고 하는 걸까? 그렇다면 예전에는 그냥 두었던 까닭은 무엇일까? 혹시 부활절 시즌 근처라서 이렇게 한 건 아닐까? 주변에 가이드나 관계자기 있다면 물어 볼 요량이었지만 결국 무엇 때문에 그리 되었는지는 찾아내지는 못했다. 하지만 생각할 거리를 주는 것 자체가 꿈꾸었던 여행과 닮아 있어 기분이 좋았다.

엄마는 기도를 하겠다고 하셔서 앉아 계시고 아빠와 나는 성당 안을 더 돌아보기로 했다. 대성당 안에는 여러 개의 방이 있는데 각각의 방은 위대한 성직자의 공간이라고 아빠께서는 말씀하셨다. 자세히 살펴보니 그곳은 위대한 성직자를 기리기 위함과 동시에 고민을 가지고 있는 사람을 위한 공간이기도 하였다. 각 방에는 신부님이 기다리고 있었고 많은 사람들이 그곳에 들어가 고해성사를 하고 있었다.

무슨 사연과 고민이기에 이곳까지 와서 이야기를 하고 있을까 하는 궁금증을 안고 성당을 마저 둘러본 후, 다음 행선지로 가기 위해 서둘러 성당을 빠져나왔다.

La Defense는 파리 시내와는 많이 다른 신시가지였다. 파리가 상당히 고전적이어서 마치 시간이 멈추어져 있는 것 같은 느낌이라면, La Defense는 매우 현대적이다. 새로 지은 고층 빌딩은 마치 뉴욕과 같은 느낌을 줄 정도였다. La Defense에서 내리자마자 보이는 많은 쇼핑몰과 마트만으로도 다른 역과는 사뭇 다르다는 것을 바로 알 수 있었다. 화려함이 우리에게 들어와 보라고 손짓했지만 유혹을 물리치고 서둘러 신 개선문을 향했다. 아빠는 신 개선문의 계단에 올라가면 개선문을 직선으로 볼 수 있을 것이라고 하셨다. 파리 시내 자체가 개선문을 중심으로 유선형 도시 계획에 맞춰 지어졌기 때문에 신 개선문 역시 개선문과 직선으로 마주보게 설계되어 있다는 것이다. 신 개선문에 도착해서 계단에 올라서보니 아니나 다를까 멀리 개선문이 보였다. 아빠 말이 눈앞에서 재현되자 신기함을 감출 수가 없었다. 아빠는 개선문에 가서 다시 신 개선문을 바라보게 되면 신기한 기분이 두 배가 될 거라며 웃으셨다.

신개선문의 대리석 계단에는 많은 학생들과 연인들이 바게트 샌드위치를 먹으며 일광욕을 즐기고 있었다. 흡사 '로마의 휴일'에 나오는 트레비분수 옆의 계단을 보고 있는 듯했다. 아빠와 나는

저 멀리 일직선상에 있는 개선문이 보인다.
아빠의 말씀이 하나도 틀리지 않았다.

신개선문의 반대쪽 계단으로 내려와 축구장과 공원화된 공동묘지를 둘러보았다. 개선문 주변에 축구장이 있는 것까지는 이해가 되었는데 묘지가 있다는 사실이 신기했다. 프랑스 사람들은 죽은 사람에 대해 친근함을 가지고 있나보다. 공동묘지 길 건너편에는 호텔도 있고 아파트도 있고 사무실 건물들도 있었다. 공동묘지를 신경 쓰지 않고 건물을 올리는 문화라니…. 아마 우리나라였다면 가능하지 않았을 것이다. 문화란 이렇게 생각지도 못했던 곳에서도 각기 다르다는 것을 발견하게 되는 것 같다.

신 개선문을 내려와 화장실도 갈 겸 쇼핑몰에 잠시 들어갔다. 과연 안은 별천지였다. 눈길이 자꾸 가게로 돌아갔지만 개선문에서 신 개선문을 볼 수 있다는 사실을 확인하기 위해 발길을 재촉했다.

젊은이들은 삼삼오오 계단에 모여 노래도 부르고
바게트 샌드위치로 점심을 해결하고 있다.

아빠하고 딸하고 둘만의 여행 From Paris

PRESSE
France-Soir
France-Soir
chaque matin
0,50€
Le Monde
RELIGIONS
Marianne
LES NOUVELLES
GUERRES
DES RELIGIONS
BELLE-CARTE

약간의 휴식을 취한 우리는 다시 메트로로 내려와 노란색 선인 1호선을 타고 Champs Elysees Clemenceau 일명 샹젤리제 거리로 향했다. La Defense에서 샹젤리제까지는 열 정거장을 가야한다. 샹젤리제 역에서 내려 개선문을 향해 걸어가는 그 거리가 바로 그 유명한 샹젤리제 거리이다.

개선문 역에 내리자 청소년들이 기념품을 팔고 있는 모습이 눈에 띄었다. 그 옆에는 젊은 여자가 무릎을 꿇고 고개를 숙인 채 두 손을 모아 구걸하고 있었다. 거리의 부랑자는 나이가 들고 삶에 지쳐 있는 모습일 거라고 생각했는데 이곳에서 보니 생각보다 젊은 사람들이 길에 있는 것이 이상했다. 아빠는 경기 침체로 인한 청년실업이 여기까지도 왔나보다 라고 하셨다. 유럽 연합이 처한 어려움에 대해 말씀하시면서 발전이 될수록 실업률이 높아지고 빈부의 격차도 더 심화된다고 걱정하셨다. 여기든 저기든 경제문제란 풀기 어려운 심각한 일이다. 화려함의 상징인 샹젤리제 거리의 입구에 구걸하는 젊은이들이라니 참 아이러니 한 모습이었다.

샹젤리제 거리는 볼거리가 즐비해서 개선문을 가기 위한 통로라기보다는 길 자체가 하나의 관광 상품이라고 할 수 있다. 거리에는 카페, 명품가게, 극장이 즐비하게 늘어서 있었다. 그 중 한 콘서트홀은 아빠가 예전에 연주를 했던 곳이라고 했다. 아빠의 유명세는 이미 알고 있었지만 파리, 샹젤리제 거리에서 그 이야기를 들으니 새삼 아빠가 자랑스러워졌다. 개선문으로 가는 도중에 아이들을 데리고 여행하는 한국 아빠들이 유난히 많이 눈에 띄었던 것도 어쩌면 아빠에 대한 내 마음 때문이었는지도 모르겠다.

왼쪽에 있는 콘서트홀이 우리 아빠가 연주했던 장소이다. 우리 아빠가 엣 생각이 나셨는지 저기 가방을 메시고 들어가고 계신다.

샹젤리제 거리와 개선문 사이에는 George V 라는 역이 있는데 그 역에서 내리면 샹젤리제 거리의 중심에 내리게 되는 것이다. 개선문에서 제일 가까운 역이기 때문에 개선문만 보고자 하면은 George V라는 역이 Champs Elysees Clemenceau역보다 나을 수 있다.

개선문으로 가는 지하도를 지나서 가면 개선문 바로 밑에까지 갈 수 있다. 그곳에서는 파리 혁명을 위해 목숨을 걸었던 무명용사를 기리기 위한 횃불을 볼 수 있다. 개선문에서 바라보는 신개선문은 색달랐다. 신 개선문에서 직접 보던 느낌과 바라보는 느낌이 이렇게 다를 수 있다는 사실이 신기했다. 그리고 무엇보다 전해들은 이야기를 그냥 흘려듣기보다는, 내 다리로 걷고 내 눈으로 확인해 가는 이 과정이 뿌듯했다. 그리고 그 옆에서 함께 걸 어주는 아빠가 있어 행복했다.

개선문에서 내려와 George V 역으로 향하기 위해 다시 샹젤리제 거리로 들어섰다. 명품 거리에는 많은 관광객이 있었는데 그 많은 명품 매장들 중 특히 루이비통 앞에는 사람들이 바글바글했다. 관광객들이 커다란 루이비통 봉투들을 들고 사진들을 찍고 있는 모습이 재미있었다. Hermes 매장은 그 전통적인 이미지에 맞춰 중후한 할

개선문에서 바라본 신 개선문. 저~기 가운데 가운데 구멍이 뚫려있는 신 개선문이 보인다. 정말 신기하다! 개선문에서 바라보는 신 개선문이라니..

아버지 점원들이 많았다. 이런 점들이 파리로 샹젤리제로 사람을 몰리게 하나보다.

우리는 Cite 섬을 지나 세계에서 가장 아름다운 스테인드글라스로 장식된 Eglise Saint Chapelle(생트샤펠 성당)을 지나 Pont au Change 다리를 건너 Chatlet에 도착했다.

지하철역으로는 두 정거장인데, 파리는 정거장 간격이 워낙 짧아서 2정거장 정도면 충분히 걸을 수 있다. 도보로 약 10분 정도 걸

려 도착한 Chatlet 지역은 중저가 브랜드 쇼핑몰로 유명한 Rue Revoli(리볼리 거리)가 있다. 샹젤리제 거리의 화려함과는 다른 느낌이었다. 좋은 물건이 저렴하게 나와 있으니 거리는 관광객으로 붐볐다. 마치 한국의 명동과 같이 쇼핑타운 느낌이어서 타국에서 만나는 익숙함이 묻어나는 곳이다.

그 유명한 루이비통 매장이다.

엄마가 제일 좋아하는 Hermes 매장 앞에선~

엄마가 장화를 사주신다는 말에 나는 싱글벙글 씩씩하게 걸어가고 있다.

셰익스피어 앤 컴퍼니 서점

소르본 대학가에는 오래되고 유명한 Shakespeare & Company가 있다. 그 서점은 영화 'before sunset'의 촬영지로도 유명한 곳이라고 했다. 우리는 그곳을 가기 위해 한참 헤매었다. 경찰들에게도 물어보고 주변 사람들에게도 물어물어 거의 그 지역을 한 바퀴를 돌고서야 서점에 도착할 수 있었다.

서점 안은 많은 사람들로 북적여 있었다. 삐거덕 거리는 낡은 마루와 계단, 책꽂이와 사다리는 마치 백 년 전으로 우리를 데리고 갈 듯했다. 오래된 나무 냄새는 왠지 책을 더 읽게 하고 싶게 했다. 좁고 낡은 나무 계단을 올라 2층으로 갔다. 2층에는 누워서 책을 보는 사람도 있었고 얼굴에 책을 얹고 자고 있는 사람도 있었다. 간간히 천장에는 여행객들이 남기고 간 쪽지들이 즐비하게 널려져 있었다. 외국 영화 속으로 들어온 것 같다는 착각이 들게 만드는 장소였다. 우리나라 서점과는 달리 편안하고 한적한 느낌을 주는 이 서점이 무척 마음에 들었다.

나는 평소에 읽고 싶었던 『Fahrenheit 451』 책을 사기로 했다. 우리나라 서점처럼 한 눈에 책이 들어오는 곳이 아니어서 직원

언니에게 책을 찾아 달라고 부탁해야 했다. 같은 책인데 가격이 우리나라보다 싸다는 것도 신기했다. 서점에서 천천히 그리고 충분히 책 세상을 즐긴 후 우리는 소르본 대학으로 향했다.

바로 옆 골목에 놔두고 계속 이렇게 헤매고 있다.

드디어 도착!

생각했던 것보다는 상당히 아담하다.

아빠가 책 한권을 사주시겠다고 골라보라고 하신다.

소르본 대학

　파리는 교육의 도시로도 명성이 높다. 세계적으로 유명한 명사들이 프랑스 대학 출신인 것을 볼 때마다 파리의 대학 분위기를 직접 느끼고 싶다는 생각을 했다. 물론 파리의 대학에 지금 당장 갈 수 있는 상황이 아니란 것을 잘 알고 있기에 다만 파리에 가면 대학가를 꼭 가봐야겠다는 계획을 세웠다.

　소르본 대학은 언덕 위에 있었다. 우리는 거리의 상점들을 구경하면서 소르본 대학으로 향했다. 정문으로 들어가 눈에 보이는 건물을 들어서는데 경찰들이 우리를 막았다. 막상 경찰이 막아서자 기분이 이상하고 당황스러웠다. 그러나 관광객들은 예약을 해야 하고 그렇지 않은 경우 가이드와 함께 들어와야만 한다는 설명을 듣고 오해를 풀었다. 우리나라와 같이 생각하고 무턱대고 파리 대학에 들어서면 경찰에게 제지를 당한다는 사실을 미리 알지 못했던 것이다. 과연 파리 전체가 관광 상품인가 보다. 우리는 아쉬움을 뒤로 한 채 건물 주변만 한 바퀴를 돌아 다시 정문으로 나왔다. 그리고 소르본 대학 정문 앞에 있는 분수 앞에 앉아 아쉬움을 달랬다.

안에도 들어가고 싶었지만 정문 앞에서 서 있는 것만으로도 만족해야 할 것 같다.

파리에서 북쪽으로 약 30km 떨어진 곳에는 오베르 쉬르 우아즈가 있다. 이곳은 빈센트 반 고흐가 1890년 7월 29일 47세의 짧은 생을 마감할 때까지 약 70일 동안 살았던 조그마한 마을이다. 고흐가 그림을 그렸던 모습이 그대로 보존되어 있는 것을 느낄 수 있는 예술적인 마을로 유명하다.

역을 빠져나오자마자 한적한 시골 마을이 펼쳐져 있었다. 길을 따라 걸으면서 고흐의 발자취를 찾아 하나씩 더듬어 나갔다. 역에서 약 15분 정도 걸어가다 보면 관광 안내소가 나오는데 그곳조차도 고흐의 그림에서 하나의 모델 된 곳이었다. 이 마을을 걸어 다니면 곳곳에 고흐의 그림을 볼 수 있는데 그림이 걸려 있는 곳은 고흐가 그림으로 남겨 놓은 바로 그곳이었다. 고흐가 살아 있었던 19세기와 현재가 변함없이 존재한다는 것이 나에게는 무척 신기하고 흥미로운 일이었다. 마치 고흐가 어제 그림을 그려놓고 잠깐 휴식을 취하러 간 듯했다.

예상했던 것만큼 참 고즈넉하다.

한눈에 봐도 참 한적한 동네이지요?

여기저기 구경을 하느라 나와
아빠는 정신이 없다.

오베르 쉬르 우아즈에 있는 상점들
조차도 참 고전적이다.

관광 안내소로 들어가는 나.

저 걸려있는 그림의 배경이 된
집과 계단이다.

이 그림의 배경이 된 호텔은
오베르 쉬르 우아즈의 최초의
호텔이라고 한다.

아빠와의 8일간의 동행 From Paris

오베르 성당

　제일 먼저 우리가 간곳은 노트르담 성당이었다. 그곳은 고흐의 그림 중 '오베르 성당'의 배경이 된 곳이다. 성당 밖을 둘러보면서 느꼈던 감동은 아직까지 지워지지 않는다. 오베르 성당에 다녀 온 것은 정말 후회하지 않는 순간 중의 하나이다. 어마어마하게 크지도 화려하지도 않았지만 파리의 노트르담 대성당에 비교하여 조금도 뒤처지지 않았다. 성당이 주는 엄숙함과 경건함이 몸 속 깊은 곳으로 흘러들어오는 느낌이었다. 성당에 들어가 방명록에 글을 남겼다. 낯선 곳에서 한글로 글을 쓰는 기분도 좋았다. 기도를 마치고 나서 떨어지지 않는 발걸음을 재촉해서 다음 곳을 향했다.

고흐의 무덤, 밀밭 길

성당을 나온 뒤 언덕을 따라 올라가면 넓게 펼쳐진 밀밭이 있다. 이곳 또한 고흐의 마지막 그림 '까마귀 나는 밀밭'의 배경이 된 곳이다. 그래서인지 밀밭길 가는 내내 까마귀 떼들이 무리를 지어 하늘을 날고 있었다. 그 밀밭을 사이에 두고 고흐의 형제가 묻힌 오베르의 공동묘지가 있었다. 오베르의 공동묘지는 규모가 크진 않지만 많은 화가들이 묻혀 있는 곳이라고 한다. 안쪽 벽면에 위치한 고흐 형제의 무덤은 꽃과 풀로 덮인 지극히 평범하고 소박한 무덤이었다. 생전에 고흐의 소박하고 단촐 했던 삶을 보여주는 듯했다. 그렇게 쓸쓸한 무덤을 현재에는 수많은 사람들이 찾아와서 고흐의 힘들었던 삶을 위로하고 또 기억하고 있어서 다행이라는 생각이 들었다.

말로만 듣던 밀밭이다.

고흐의 '까마귀 나는 밀밭'을 재연이라도 하듯 때마침 까마귀가 날고 있다.

아빠와의 파일랑의 노래 *From Paris*

공동묘지 입구는 고흐의 무덤이 있는 곳이라고는
상상하기 힘들 만큼 소박했다.

고흐 형제의 무덤은 다른 무덤과는 달리 풀로
뒤덮여 있었다.

한참을 고흐 형제의 무덤 앞에서 바라보는 나.

오베르 성

공동묘지를 나와 우리는 오베르 성을 찾아갔다. 오베르 쉬르 우아즈에서 무엇을 찾는 것은 그리 어렵지 않은 일이다. 너무나도 작은 마을이었기 때문이다. 도보로 약 10분 정도만 걸으면 찾고 싶은 것이 거기에 있었다. 오베르 성을 올라가다보면 미로처럼 되어 있는 미로정원과, 연못, 분수대, 잔디밭과 언덕이 보이는데 보는 이의 눈을 즐겁게 해주는 풍경이다.

오베르 성 안에는 전시장이 있는데 불행히도 이날은 휴관일이라 들어가지 못했다. 그래서 성을 둘러보는 것으로 만족해야 했다. 성에서 바라본 마을은 길을 따라 걸을 때 느꼈던 것처럼 평화롭고 아늑했다. 왜 고흐가 이곳에서 그림을 그리고 싶었는지 조금은 알 수 있을 것 같았다.

고흐의 마을을 뒤로한 채 우리는 St. Lazare 역으로 돌아왔다. 돌아오는 길에는 고흐의 불행했던 삶 때문이었는지 하늘에서 비가 조금씩 내렸다.

몽트퉤유 벼룩시장은 아랍계나 흑인 상인들이 많아서 솔직히 조금 무서웠다. 가이드북에는 이국적인 정취가 느껴진다고 하는데 흐린 날씨 탓인지 음산한 느낌을 풍기고 있었다. 그동안 느꼈던 파리의 편안하고 고전적인 분위기와 사뭇 다른 풍경 때문에 아빠의 손을 꽉 잡고 용기를 내어 발을 내딛었다.

그곳은 벼룩시장답게 헌 옷가지와 신발, 골동품 같은 물건이 즐비했다. 골동품을 판다고 해서 한국의 인사동을 상상했던 내게는 조금 의외였다. 골동품이라면 아기자기하고 고풍스러운 느낌을 줄 것이라고만 생각했기 때문이다. 어둡고 칙칙한 데다 비까지 내리는 날씨 때문에 더 이상 시장을 둘러볼 수가 없어 결국 시장을 빠져나왔다. 재미있는 것은 벼룩시장을 나오면 대형 쇼핑몰인 Carrefour가 있다는 사실이다. 이렇게 작은 도시에서 극과 극 체험을 할 수 있는 곳이 바로 파리다.

2부

누구나 도전할 수 있는 파리

지하철

파리에 대한 세련되고 고급스러운 이미지 때문에 파리 여행에 대한 두려움을 갖고 있다면 당장 버리라고 과감히 이야기하고 싶다. 오히려 낯선 사람이 가장 쉽게 도시를 여행할 수 있는 곳이 파리다. 하루에도 수없이 많은 여행객들이 찾는 파리인데 불편함이 최소화되어 있는 것이 어쩌면 당연하지 않을까.

걸어서 여행을 하기로 한 우리의 주 이동수단은 지하철로 결정되었다. 아빠는 파리가 서울의 1/4 정도밖에 안 되는 크기이기 때문에 지하철을 타는 것이 적절할 것이라고 말씀해주셨다. 지하철은 파리의 모든 곳을 연결하여 주는 그물망 구조로 되어 있기 때문이었다. 또한 지하철의 구간 사이가 매우 짧아서 가고자 하는 목적지까지 가까이 다가갈 수 있다는 장점도 있다고 하셨다.

파리의 지하철은 노선이 많아 상대적으로 복잡하다는 인상을 주지만 자세히 들여다보면 오히려 편리한 점이 많다. 계획 도시 파리에 걸맞게 설계되어 있기 때문에 가고자 하는 곳에 빠르고 편리하게 데려다준다. 출발지와 목적지만 정확히 알고 있다면 파리에서 지하철 타는 것을 겁내지 않아도 된다. 또한 환승도 매우 편안하다. 환승을 위해 많은 거리를 이동하는 우리나라 지하철과 달리 몇 발자국만 걸어 올라가면 승강장이다. 나이 많으신 노인들도 힘겹지 않게 지하철을 이용할 수 있는 것이 매우 인상적이다. 100년이란 역사를 가지고 있는 지하철이 어떻게 이렇게 설계를 될 수 있을까. 이것은 가히 놀랄만한 일이 아닐 수 없다

처음 지하철 역 안으로 들어서면 정체를 알 수 없는 냄새를 맡을 수 있다. 하수도 냄새인 것도 같은 습습한 냄새 때문에 파리 지하철에 대한 인상이 한순간에 나빠졌다. 이런 나를 보시던 아빠는 이 지하철의 나이가 100살이 넘어서 그러는 것이라고 설명해주셨다. 오래된 것은 위대함과 동시에 세월의 냄새도 함께 가지고 있는 것이라는 아빠의 말씀에 살짝 부끄러운 마음이 들었다. 물론 새로 개통한 지하철 노선 구역에서는 이 냄새가 나지 않는다. 그러나 역사의 도시 파리를 사랑하는 사람이라면 곧 이 냄새마저 즐길 수 있게 될 것이다. 눈에 보이는 것만이 역사가 아니라는 말이 이런 것을 두고 하는 말인가 보다.

파리 지하철 안은 또 하나의 공연장이라고 할 수 있다. 파리가 예술을 사랑하는 도시라는 것을 확인시켜 주는 또 하나의 공간이다. 지하철 역사와 전동차 칸칸이 거리의 연주자들에 의해서 순식간에 소극장으로 변화하곤 한다. 거리의 음악인의 연주는 여행객의 지친 몸을 조금이나마 위로해주는 하나의 선물이 된다. 색소폰이나 기타와 같이 본인이 들고 다닐 수 있는 최소한의 악기로 파리지하철을 누비며 공연을 하는 사람들이 꽤 많은 모양이

었다. 이들은 여러 사람에게는 쉼을 주고 본인들은 약간의 공연비를 벌 수 있는 기회를 얻을 수 있는 것이다. 좁고 협소한 한 칸에서의 연주는 오히려 어느 소극장에서도 들을 수 없는 큰 감동을 준다. 같은 차량에 타있는 사람들에게만 오는 기쁨이랄까? 이들이 연주한 음악소리는 메아리를 타고 다른 칸에 있는 사람들의 귀에까지 전해져간다.

이렇게 열린 문화공간을 누구나 누릴 수 있는 것은 아니다. 근간에 운행하게 된 몇 호선을 빼고는 한 칸에서 다른 칸으로 옮겨 갈 수가 없도록 되어 있는 오래된 파리 지하철의 특성 때문이다. 옆 칸에서 연주회가 열리고 있더라도 그것을 구경하러 이동할 수가 없다. 혼잡을 피할 수 있어 안전할 수도 있지만 좋은 공연이 있는 것을 바로 옆에 두고도 멀리서 그저 바라볼 수밖에 없다. 다행히도 우리 식구들이 탄 전철 칸에는 자주 음악을 연주해주는 연주자들이 타주어 입가에 미소를 머금게 해 주었다. 그렇지 못했을 때는 퍼지는 소리만을 들어야 했다.

첫 날만 까르네를 60여장 쓴 것 같다. 큰 계획만 세우고 나머지는 발길 닿는 대로 마음 가는 대로 여행하기로 했기 때문에 모빌리스를 사지 않았는데, 지하철 표 값도 만만치 않게 드는 것을 보면서 둘째 날부터는 메트로를 하루 종일 쓸 수 있는 5.6유로인 모빌리스를 샀다. 다음에 올 때는 미리 모빌리스나 파리 비지트를 구입해 와야겠다는 생각이 들었다. 파리여행이 처음이라면 모빌리스를 구입하는 것을 적극 추천한다.

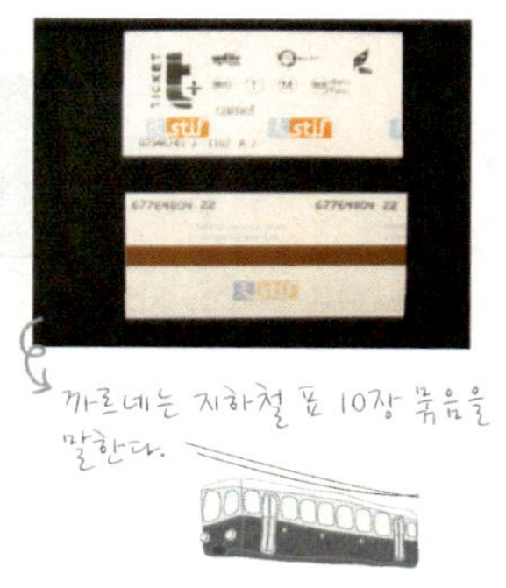

까르네는 지하철 표 10장 묶음을 말한다.

비록 가격은 조금 더 비싸지만 하루 종일 내가 원하는 만큼 지하철을 쓸 수 있다는 것이 큰 장점이다. 하루에 4번 이상 지하철을 이용하면 더 효율적이다.

파리의 메트로는 긴 역사 때문에 가진 또 하나의 특징이 있는데 그건 바로 문이 수동이라는 것이다. 근간에 생긴 것들은 자동문이지만 예전 전동차들은 다 수동식이다. 문 앞에서 열릴 줄 알고 그냥 기다렸다가는 큰 낭패를 볼 수 있다. 내릴 때 본인들이 직접 손잡이를 올리던지 버튼을 눌러야만 문이 열린다는 것을 미리 알고 가지 않는다면 내리고자 하는 곳에서 내리지 못하는 경우가 생기게 된다고 경고하고 싶다.

버스

　목적지에 직행하는 버스를 타기도 했다. 공항에서 오페라로 직행하는 루아시 버스를 타러 5번 게이트로 나갔다가 진풍경을 만났다. 그곳에는 파리 디즈니랜드로 가는 버스와 같은 정류장을 쓰는 관계로 매우 많은 어린아이들과 부모님들로 인산인해를 이루고 있었다. 디즈니 버스가 도착하자 저마다 먼저타려고 우왕좌왕이다. 파리에서 생각지도 못한 모습을 보니 웃음이 났다. 어느 나라나 이 모습은 크게 다르지 않은 것 같다.

　루아시 버스는 일인당 9.1 유로이다. 루아시 버스 티켓을 사려고 자판기 쪽으로 향했다. 사용 설명이 프랑스어로만 되어 있어 뭐가 뭔지 통 알 수가 없었다. 이것저것 시도해봤지만 결국 표를 사는데 실패하고 말았다. 우리를 따라온 일본인 부부도 우리가 하는 것을 보고 잠시 따라한 뒤 포기했다. 좋은 선생을 만나야 했는데 안 됐다는 생각이 들었다. 엄마는 그냥 버스 기사님께 얘기하고 타자며 우리를 재촉하여 그냥 버스를 기다렸다. 버스를 타보니 어머나, 다들 버스에서 차례대로 돈을 낸다. 그 누구도 티켓을 내지 않았다. 자판기는 아마도 디즈니랜드로 가는 티켓을 파는 것이었나 보다. 다시 생각해보니 4년 전에도 어렴풋이 그랬던 것 같다. 앞 사람이 돈을 내는 동안 뒤에 서 있는 많은 사람들이 그 큰 짐을 들고 차례대로 순서를 기다렸다. 그런데 기사님의 차비계산은 너무 느렸다. 아빠는 유럽 사람들이 계산기를 많이 쓰는 문화라고 말씀해 주셨다. 암산이 기본화가 돼 있는 우리나라에 익숙한 나는 기사님이 왜 그렇게 차비계산을 느리게 하시는 지 몰랐나 보다. 그럼에도 불구하고 기다리는 사람 그 누구도 빨리 계산하라고 재촉하지 않았다. 아마도 이런 민족적 특성들이 느리고 여유 있는 삶을 주는가보다.

버스 창밖으로 보이는 파리의 풍경도 장관이었다. 시외의 모습은 한적하고 시원했으며 시내는 한 폭의 그림이었다. 정말 중세시대에나 나올법한 건물들이 원형 그대로 보존되어 있었고 거기에 약간의 현대적인 느낌만을 더하고 있었다. 밖으로 보이는 축구장에 앙리와 다른 프랑스 팀 축구선수들의 사진이 너무나도 크게 걸려 있었다. 차창 밖으로 해가 뉘엿뉘엿 지자 노을도 멋들어졌고 조명이 내리기 시작하자 파리 시내도 함께 물들어 갔다.

버스 옆으로 지나가는 자그마한 차들이 생각보다 작았다. 아빠는 유럽은 특히나 주행하고 있는 차들이 큰 차가 아닌 작은 차들이 많다고 하셨다. 그것 또한 과시하지 않고 실속 있게 생활하는 유럽인들의 문화에서 나오는 것이 아닐까? 그래도 다 명품 차 들이다. 그도 그럴 것이 그 차들은 우리나라에만 수입차지 여기서는 국내 생산 차일 테니까 말이다.

루아시 버스를 타고 샤를드골 공항에서
오페라 가르니에로 가고 있는 중이다.

기차

　오베르 쉬르 우아즈는 파리에서 조금 떨어진 곳에 있기 때문에 그곳에 가기 위해 우리는 오페라 지역에 있는 St. Lazare 역에서 기차를 타고 가기로 했다. 기차를 오랜만에 타본 우리는 계속 우왕좌왕 했다. 우선 티켓 파는 곳에서 오베르 쉬르 우아즈까지 가는 왕복 티켓을 구입했다. 안내원의 지시대로 10번 게이트에서 표를 샀다는 스탬프를 찍어야 하는데 스탬프 찍는 곳이 무인 시스템이라 찾기가 힘들었다. 기차 타는 시간까지는 약 5분 여 밖에 남지 않았기 때문에 우리는 더 우왕좌왕 했다. 다행히도 지나가는 친절한 언니의 도움으로 스탬프 찍는 장소를 알았고 또 찍는 방법까지도 친절하게 알려주셨다. 이 스탬프는 사람들이 표를 두 번 이상 반복해서 쓸까봐 확인하는 차원에서 시행하는 것이었다. 나중에 알았지만, 이 스탬프는 파리에서 지하철이 아닌 기차를 탈 때 너무나도 중요한 것이었다. 이 사실을 돌아오는 길에서야 알게 되었다는 것이 하나의 불행이었다.

　돌아오는 길에 탄 기차 안에서 갑자기 들이 닥친 역무원들로 인해 기차에 작은 소란이 일어났다. 그것은 무임승차를 잡기 위한 기습적인 확인 절차였다. 프랑스에서 기차를 타고 내릴 때에는 표 검사를 아예 하지 않는다. 대신에 기습적인 단속에 걸리게 되면 몇 십 배의 벌금을 물어야 한다고 한다. 기차에 출입할 때 표

를 체크하는 사람이 없기 때문에 스탬프가 없는 표를 가진 사람
은 무임승차와 마찬가지가 되는 것이다. 몇몇의 승객들이 적발 되
어서 울거나 당혹스러워하는 것을 보았지만 그것이 우리의 문제
가 될 것이라고는 생각도 하지 못했다. 그런데 오베르 쉬르 우아
즈 역에서 스탬프 기기가 고장 나있어 스탬프를 찍지 않은 것이
문제가 되었다. 우리는 그런 상황이라면 스탬프를 찍지 않고도 기
차를 탈 수 있다고 생각했는데 그게 아니었다. 그래서 역무원에
게 왕복 티켓을 보여주고 상황 설명을 해주었더니 역무원이 오늘
은 자신들이 스탬프를 찍어줄 테니 다음부터는 스탬프 기계가 고

장이 났더라도 역에서 표시를 해달라고 요청하라고 했다. 그렇지 않으면 그것도 벌금의 대상이 된다고 한단다. 이 좋은 경험을 나누고 싶다. 파리에서 기차를 타려면 반드시 스탬프를 찍어라!

고흐의 고향인 만큼 오베르 쉬르 우아즈 역
또한 굉장히 예술적이다.

스탬프를 찍은 경우, 밑에
스탬프 표시가 되어 있다

역무원이 사인을 스탬프 대신
해준 경우, 얼마나 마음을 졸였
는지 모른다.

바토 무슈

　엄마의 강력 추천으로 Bateau- mouche(바토 무슈: 일종의 오픈 투어 유람선)를 타기 위해 우리는 알마 선착장으로 갔다. 선착장은 Alma Marceau(알마 마르소) 역 근처에 있다. 이곳은 다이애나 비가 교통사고로 사망한 곳으로 더 알려진 광장이다. 알마 교 밑을 지나는 터널에서 다이애나 비가 교통사고로 사망한 것은 벌써 오래전 일인데도 불구하고 다이애나 비를 그리워하는 사람들이 지금도 전 세계에서 한적한 동네 인 이곳을 찾아오고 있단다. 알마 광장에 있는 자유의 불꽃은 다이애나 추모비처럼 다이애나에 관해 기억하는 물건과 글귀로 둘러싸여 있다.

　"센 강의 유람선에는 바토 무슈, 바토 파리지앵, 부드트 뒤 퐁뇌프 가 있는데 엄마가 타자고 하신 바토 무슈는 파리의 유람선 중 가장 큰 유람선이다."

　선착장에 도착해보니 바토 무슈의 승선 시간은 총 왕복 1시간 10분이다. 가격은 어른이 10유로였고 아이가 5유로여서, 우리는 25유로를 냈다. 4년 전에 왔을 때 탔던 바토 무슈는 그냥 센 강을 이리저리 둘러보며 관광 차원에서 탔던 것인데 이번에 타는 바토 무슈는 내가 다 걸어 다녀 본 곳들을 하나씩 되새겨 가며 기억할 수 있게 했다. 우리가 탔던 바토 무슈는 거의 대만 관광객들로 꽉

차 있었다. 마치 유람선 선착장별로 타는 나라들이 정해져 있는 것 같은 착각이 들 정도였다.

바토 무슈(선착장)

바토 무슈 입장권

바토 무슈를 타고 우리는 에펠탑에서부터 생루이 섬까지 왕복으로 센 강을 둘러보았다. 센 강에서 본 Pont Alexandre Ⅲ(알렉상드르 3세교)는 특히 인상적이었다. 너무 아름다워 직접 가보아야겠다는 생각이 들 정도였다. 결국 바토 무슈에서 내린 뒤 한 두 정거장 되는 알렉상드르 3세교까지 걸어갔다. 가는 도중 만국 박람회를 기념해 알렉상드르 3세교와 함께 지어진 박물관 Grand Palais(그랑 팔레), Petit Palais(프티 팔레)도 보았다. 알렉상드르 3세교 앞에 이르렀을 때 화려한 아르누보 양식에 금빛 장식품들은 센 강 어느 다리와도 비교할 수 없었다. 거기에서 나는 '파리의 연인' 태영이가 된 것처럼 사진도 찍어 보았고 그 넓은 다리에서 뛰어보기도 했다. 알렉상드르 3세 다리를 지나 정면으로 바라보면 넓은 정원과 넓은 저택이 나오는데 그곳이 바로 Hotel des Invalides(앵발리드 저택)이다. 이 안에는 나폴레옹이 묻혀 있는 돔 성당도 있다.

바토 무슈에서 바라보는 시테섬의
노트르담 대성당이다.

바토 무슈에서 바라보는 에펠탑은 지하철역에
서 나와 보았던 그 느낌과는 사뭇 다르다.

바로 코앞에 번쩍번쩍한 알렉상드르
3세교가 보인다.

이렇게 파리를 다시 한 번 한적하
게 정리하고 싶다면 바토 무슈를
타보라고 권하고 싶다. 그곳에서
본 파리의 모습은 색다른 모습이
될 것이다.

정신 줄 놓고 계속 에펠탑 촬영 중인 나.

파리에는 여러 공항이 있는데 우리는 그중 Charles de Gaulle 공항에 내렸다. 많은 여행이 그렇지만 도착해서 처음 비행기에서 내릴 때 드디어 도착이라는 그 설렘은 말로 표현할 수 없다.

비행기에서 내려 입국장에 들어섰다. 요즘은 입국 신고서가 없어져 매우 빠르고 간략하게 신원확인을 마칠 수 있도록 바뀌어 있었다. 우리나라도 이런 시스템을 도입할 수는 없는 것일까. 빠른 입국 절차를 마치고 짐을 찾는 데까지는 수월했다.

그러나 반대로 출국절차는 까다롭고 엄격했다. 의례적인 출국 절차를 밟는다는 느낌이 아니라 매우 신중하고 철저하게 검사를 받고 있는 느낌이었다. 인천공항에서처럼 가방 검사와 엑스레이를 통과하는데, 휠체어를 타신 분들도 다 부축을 받고 일어나서 엑스레이를 통과하셨어야만 했다. 안전이 우선이어야 했지만 너무하다는 생각도 조금 들었다.

안으로 들어온 뒤 우리는 면세점을 둘러보았다. 쇼핑의 상징일 수도 있는 파리인데 예상 외로 면세점은 그리 크지 않은 규모였다. 면세점에서 몇몇의 기념이 될 만한 파리의 상징적인 것들을 산 뒤 우리는 비행기에 올랐다. 비행기 시간은 9시였고 우리는 8시 30분에 올라가야만 했다. 1분 1초라도 프랑스에 더 있고 싶었던 나는 마지막 발걸음을 쉽게 떼지 못했다. 파리의 입구이자 출구인 공항, 다음에 또 만나자.

아침식사 : 간단한 유럽식 어떠세요?

숙소에서 아침에 눈을 뜨면 밖에서 솔솔 풍겨오는 크로와상 굽는 냄새가 나를 배고프게 만들었다. 집에서 눈을 뜰 때 풍겨오는 고소한 밥 냄새를 맡았을 때처럼 급속히 식욕이 돌며 내 배는 벌써 아침식사 준비가 끝나 있었다. 우리는 곧장 내려와 유럽식 아침을 먹었다. 정말 유럽식 아침은 간결하면서도 정결하였다. 제일 눈앞에 들어 온건 바게트와 크로와상이었다. 그 푸짐한 빵들이 나를 벌써 배부르게 했다. 먼저 영어선생님이 일러주신 대로 얼그레이에 따끈한 우유를 넣고 설탕 두 개를 넣고 밀크티를 만들었다. 그런데 여기서 주의해야 할 것은 우유를 너무 많이 넣으면 밀크 티의 고유함을 잃어버리게 된다는 것이다. 옆을 보니 출장을 오신 듯 보이는 아저씨가 바게트 빵을 반으로 가르고 쌀라미와 여러 종류의 햄을 넣고 약간의 치즈를 넣어 샌드위치를 만들어 먹는 것을 보고 나도 그렇게 따라해 보았다. 나는 거기에다가 내 입맛에 맞추어 달달한 딸기잼을 넣어보았다. ‘음~ 이 환상적인 맛이란…’ 밀크 티와 먹는 바게트 샌드위치의 맛은 거의 기가 막혔다. 아침을 먹는 그 순간은 잠시 내가 유럽 사람이 된 것 같은 기분이 들었다. 하나를 먹고 난 뒤에도 내 배는 채워지지 않았다. 나는 재빨리 하나를 더 제조하여 먹었다. 이번에는 딸기잼을 더 듬뿍 얹어서. 간단한 유럽식 조식이었는데 나는 기분 좋게 배를 두드리고 있었다. 많이 걷기 위해서이기도 하고 돌아다니다 보면 혹시 식사하기가 만만하지 않을 수도 있으니 아침식사를 든든히 먹으라는 아빠의 말씀도 있었지만 무엇보다 그 맛이 일품이었기 때문에 손을 멈출 수가 없었다. 계란 두 개를 더 집어 먹는 나를 보고 아빠가 놀라셨다. "가은아! 우와~ 우리 가은이가 이렇게 잘 먹는 아이구나!" 후식으로 과일과 블루베리 맛 요거트로 아침 식사를 마무리 하였다. 크로와상 샌드위치에 밀크 티 한 잔으로 시작하는 아침식사로 잠시 유럽의 기분을 맘껏 느껴본 우리는 산책을 하며 여유를 더해보기로 했다.

저 크로와상 굽는 냄새가 나를 일찍 깨우게 한 알람시계였나 보다. 완전 먹음직스럽죠?

새콤달콤한 체리 요거트는 디저트로 안성맞춤이다. 너무나 잘 먹는 모습에 아빠가 흐뭇해하신다.

아빠와 나는 도대체 무엇을 보고 있었던 것일까? 엄마는 또 언제 이런 사진을 찍으셨는지.

美麗華酒家
RESTAURANT
Restaurant
Chinois
MIRAMA
歡迎外
19

점심식사 : 다양한 외국 음식을 즐기세요.

프랑스는 요리로도 유명한 나라다. 따뜻한 날씨에 비옥한 토지, 그리고 바다를 가지고 있는 나라이니 풍부한 기본 재료를 보유하고 있는 나라다. 더군다나 와인처럼 요리와 곁들일 수 있는 대표적인 술까지 가지고 있으니 요리로 유명할 수 있는 기본 조건은 다 갖춘 셈이다. 그런데 막상 프랑스를 대표하는 요리가 뭘까 생각했더니 딱히 떠오르는 것이 없었다. 한국하면 김치와 불고기, 이탈리아하면 파스타, 일본의 우동, 베트남은 쌀국수… 뭐 이렇게 대표 음식이 있어야 하는데 요리의 나라 프랑스의 대표가 무엇인지 도통 생각나지 않았다. 아빠는 워낙 다양한 재료로 만든 많은 요리가 있으며 그 요리 하나하나를 만들기 위해 쏟는 정성도 그렇지만 음식을 대하는 프랑스 인들의 애정은 남다르다는 말씀을 하셨다. 시간을 충분히 들여 음식 하나씩 여유롭게 즐기는 것이 프랑스 요리를 대하는 좋은 태도지만 코스요리를 즐기기엔 여행자들에겐 시간이 부족하다고 하시면서 대신 다양한 타국 음식을 즐겨보자고 하셨다. 프랑스는 '맛' 에 민감한 나라이자 '맛' 을 사랑하는 나라이기 때문에 외국 음식점들도 유명하고 맛있는 곳이 많으니 걱정할 필요가 없다고 하셨다.

중식당 미라마

　첫날 점심은 유명한 중식당 미라마로 향했다. 미라마는 소르본 대학 근처에 있는 이름난 중국집으로 ‘북경 오리’ 베이징 덕이 특히 유명하다. 오전 시간 내내 걸어 다닌 우리는 지친 몸을 이끌고 식당으로 들어갔다. 입구에서부터 나는 특유의 중국음식 냄새에 갑자기 허기가 느껴졌다. 엄마는 일명 만둣국인 새우가 들어간 완탕 스프를, 아빠는 베이징 덕이 올려진 누들을 드셨고 나는 중국식 탕수육을 먹었다. 유명한 음식점답게 그 맛은 정말 일품이었다. 고생을 해서인지 한국에서 먹는 중국 음식과는 느낌이 색달랐다. 가격은 오히려 한식에 비해 싼 편이다. 음식점 안에는 파리 현지인들도 많았다. 아이들을 데리고 와 먹는 모습이 많이 눈에 띄었다. 이곳 아이들 입맛에도 중국음식은 잘 맞나보다. 그만큼 중식이 대중화가 잘 되어 있는 것이라는 생각이 들었다. 우리는 마지막 한 방울 국물까지 남기지 않고 다 먹고 나왔다.

먹자골목

　사람이 많이 몰리는 곳에는 길거리 음식이 발달해 있는 것처럼 언제나 여행지에는 먹을거리가 동반되게 마련이다. 그중 St. Michel 역 근처의 먹자골목을 소개하고 싶다. St. Michel 역에 하차하면 노트르담 대성당과 셰익스피어 앤 컴퍼니 서점이 있어 유명한 관광지다. 그러나 또 하나 유명세를 타고 있는 것은 그리스 음식점이 많은 거리다. '리틀 아테네' 라고도 불릴 만큼 거리는 그리스의 느낌이 드는 곳이다. 그리스와 아랍 쪽의 음식인 꼬치구이와 꾸스꾸스 집이 즐비했고, 꼬치에 끼운 해산물을 구워먹는 음식점과 케밥 전문점도 늘어서 있었다. 케밥 가게만 대략 30곳은 더 되어보였으니 먹자골목으로 손색이 없을 듯하다. 그 많은 케밥 집 중에 사람들이 제일 붐볐던 'Maison De Gyros'에 들어가 다른 종류의 케밥 3개를 시켰다. 케밥은 양고기와 감자튀김, 약간의 채소와 빈대떡 같이 생긴 빵을 같이 싸서 먹는 중동 음식이다. 낯선 곳에서 먹는 케밥이라 이상할 거라고 생각했는데 생각보다 입맛에 잘 맞았다. 유명한 음식점은 그만한 이유가 있다는 말이 과연 맞았다.

먹자골목의 음식점 주인들은 가게 앞에 나와 있다가 지나가는 사람들에게 말을 붙이고 있었다. 그런데 우리가 중국인인줄 알았는지 자꾸 니하오를 외쳤다. 우리는 조금 당황스러웠다. 파리에도 한국인 관광객이 많을 텐데 아시아인을 보면 중국인이라 생각을 하나보다.

이곳 젤라또도 아주 유명하다고 한다. 형형색색 아이스크림들은 도대체 무슨 맛들일까 무척 궁금했지만 추워서 아이스크림들은 도저히 먹을 수가 없었다. 그렇지만 알록달록한 색깔과 모양만으로 달콤함이 전해지는 듯했다. 근처에 유명한 관광지에 가면서 먹자골목은 꼭 들러보라고 권하고 싶다. 다음에 파리에 오면 못 먹어본 다른 음식들도 더 먹어보고 싶다.

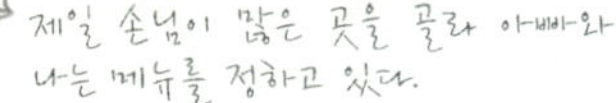
제일 손님이 많은 곳을 골라 아빠와 나는 메뉴를 정하고 있다.

양고기가 이렇게 맛있는 줄은 몰랐다.

베트남 쌀국수 'Pho 14'

파리 안에 있는 China Town에 유명한 베트남 쌀국수 음식점이 있는데 바로 'Pho 14' 이다. 이곳은 키에누 리브스 등 유명 연예인도 자주 다녀가는 곳이라고 한다. 언젠가 파리에 프랑스 음식을 배우러 갔던 요리사가 이곳에서 베트남 쌀국수를 먹어보고 나서 베트남 음식으로 전공을 바꾸었다는 이야기를 들은 적이 있다. 그만큼 맛있다는 이야기인데 과연 한국에서 먹는 맛과 어떻게 차이가 있는지 무척 궁금했다.

다 먹고 난 뒤 아빠와 한 컷!

명성에 비해 가게는 소박했다. 그런데 막상 음식이 나오자 왜 유명한지 바로 알았다. 일단 국물 맛이 좋아 한 숟가락만 먹어도 바로 반할 수밖에 없었다. 한국에서 먹었던 다른 쌀국수에 비해 더 진하면서도 담백한 맛을 내고 있었다. 유명세에 비해 값도 그리 비싸지 않아 한번 들러보기에 적당한 곳이란 생각이 들었다. 튀김 만두인 짜조를 곁들여 먹으면서 쌀국수의 맛을 오래 음미했다.

일식당 히구마

엄마가 유명하다고 알려주신 일식당인 'higuma(히구마)'는 마음먹고 찾은 곳이다. 히구마로 가는 길에는 많은 일식당들이 있었다. 꼭 차이나타운처럼 재팬타운에 온 것 같았다. 우리나라에도 이렇게 일식당이 모여 있는 곳이 있었으면 좋겠다는 생각이 들었다.

히구마에는 벌써 줄이 길게 늘어 서 있다. 우리도 식사를 하기 위해 줄을 서 기다렸다. 우리가 앉은 자리는 바 형식으로 되어있었는데 요리사들과 마주보는 자리여서 무엇을 어떻게 요리하는지 자세히 볼 수 있었다.

정말 특이한 것은 외국인들에게 가장 인기 있는 메뉴가 김치라면이라는 것이었다. 프랑스 사람들이 라면위에 얹어서 나오는 김치를 너무나도 잘 먹는 모습을 보면서 깜짝 놀랐다. 과연 그 사람들이 김치가 일본 음식이 아닌 한국음식이라는 것을 알고 먹는지 궁금했다. 남의 나라 음식인 김치를 가지고 마치 자기 나라 요리인양 개발을 하고 판매를 하는 일본사람들의 상술에 다시 한 번 놀라지 않을 수 없었다. 나는 일본식 간장 라면인 시오라면, 아빠는 된장라면과 교자 만두, 엄마는 짬뽕 라면을 시켜서 먹었다. 양이 푸짐했지만 맛이 기가 막혀 국물까지 싹싹 비웠다.

하구마는 파리에 있는 동안 몇 번 더 들렀다. 간단히 끼니를 해결하고 다음 일정으로 향해야 할 때 동선이 편하고 맛도 보장될 수 있는 곳을 생각하다보면 바로 하구마가 떠올랐다. 음식점 점원은 몇 번을 들렀는데도 여전히 봉주르하고 인사를 건넨다. 볶음밥과 돈부리, 커리, 교자까지 다양한 음식을 먹어봤지만 모두 훌륭한 점수를 주고 싶다. 며칠 파리에 있다 보니 한국 음식이 그리워져서 스페셜 메뉴로 김치를 시켰는데 입맛에 맞는 맛이 아니었다. 우리가 먹는 김치를 생각했는데 맛이 변형되어 있었다. 그래도 다

일식집으로 가득한 이 골목이 흡사 재팬타운 같았다.

하구마 앞에선 아빠와 찰칵!

른 음식에 곁들여 먹으니 한결 입안이 깔끔해지는 기분이었다.

요리하는 모습을 직접 보면서 먹을 수 있는 자리이다. 아휴, 연기가 자욱하다.

애피타이저로 시킨 교자만두 꿀꺽!

아빠가 주문하신 된장라멘!

엄마가 시키신 짬뽕라멘! 절대 얼큰해 보이지 않죠? 네.

패스트푸드 점 퀵 & 일식집 Kunitoraya

여기 커리는 진짜 일품이에요!

유명한 맛집은 아니지만 파리에서 먹어본 음식 중에 기억나는 몇 가지를 더 소개하고 싶다. 먼저 퀵이라는 패스트푸드점이다. 직화구이 햄버거와 금방 튀겨낸 바삭바삭한 감자튀김의 맛은 패밀리 레스토랑과도 견줄만하다. 햄버거는 패트를 어떻게 굽느냐에 따라 맛이 크게 좌우되는데 직화구이 패트가 가진 독특한 향과 맛에 신선한 야채까지 어우러진 그 맛이 일품이었다. 감자튀김도 신선한 기름에 금방 튀겼는지 느끼한 기름기 맛이 전혀 없고 바삭하고 고소한 맛이 가득했다. 커피 맛은 에스프레소인 듯 진했다. 다만 한 가지 콜라 리필이 되지 않는다는 것이 아쉬웠지만 그래도 너무도 맛있는 집으로 기억에 남는다.

Pyramides 역에서 내리면 Kunitoraya라는 일식집이 있는데 이곳의 라멘과 커리 맛은 하구마의 맛에 못지않게 맛있었다. 나름 유명세를 타고 있는지 주변 음식점들에 비해 사람이 붐비고 있었다. 일식집도 많고 일식집 안에 사람들이 많은 것을 보니 조금 신기했다.

"아빠! 근데 왜 이렇게 스시집이 많아?"

"그만큼 파리사람들이 일식을 좋아하나보지. 일식이 대중화가 많이 되었다는 뜻이기도 하고."

길에서 사먹은 슬러시와 사탕 같은 것도 내겐 너무나 맛있었다. 과일가게에서 산 망고, 블루베리, 라즈베리도 역시 맛있었다. 우리나라에서 볼 수 없는 모양과 맛인 것도 있고 먹을 수 있는 것도 있지만 여행지에서 만나는 음식이기에 모두 기억에 남는다. 맛으로 기억되는 파리는 다른 감동만큼이나 오래 기억에 남을 것 같다.

저녁식사 : 편안한 한식으로 피로를 풀어보세요.

파리에도 한식당이 꽤 있다. 우리는 숙소 근처의 '사랑' 이라는 한식당에 저녁을 먹으러 갔다. 주인은 젊은 여자 분이었는데 매우 친절했다. 프랑스 현지인들도 와서 많이 먹는 모양이었다. 메뉴판을 보니 진짜 한국식당에 온 것 같다는 생각이 들만큼 메뉴가 다양했다. 무엇보다 메뉴판을 펼치자 낯익은 한국말이 눈에 띄어 반가웠다. 외국에 나오면 누구나 애국자가 된다더니 새삼 한글이 반갑고 사랑스럽게 느껴졌다. 우리는 김치찌개와 오삼불고기를 먹었는데 음식 맛이 무척 좋았다. 그런데 음식 값이 많이 비싸다는 생각이 들었다. 김치찌개가 2만 천원이나 했다. 한국 음식은 재료 때문인지 희소성 때문인지 좀 비싼 편인 듯했다. 아무래도 엄마가 한국에서 가져온 음식들이 빛을 볼 모양이다. 그래도 힘든 하루 여정을 끝내고 난 뒤에는 역시 편안한 한식이 최고라는 생각이 들었다.

김치찌개, 오삼불고기, 그리고 제육볶음!
역시 한식이 최고야.
한 끼 정도는 먹어줘야지!

Paul(빵집)

프랑스를 대표하는 빵집으로 불어로는 '뽀르' 라는 대중적인 베이커리가 있다. 우리나라에도 체인이 들어온 것으로 알고 있는데 꽤 비싼 편이라고 한다. 그러나 프랑스에서는 이 '뽀르' 라는 빵집이 거의 지하철 역 마다 있고 아침시간에는 많은 사람들로 붐비는 곳이다. 아침식사를 못한 시민들이 한 끼 식사로 크로와상 샌드위치나 바게트 샌드위치를 포장해 간다. 이곳 또한 여행 중 아침식사를 하지 못했다면 한번쯤 들러 가봄 직하다.

파리의 날씨는 참 변덕스럽다. 아침부터 상쾌한 햇살을 받으며 눈을 뜰 거라고 생각했건만 창밖으론 음침한 기운이 감돌고 있었다. 이번만큼은 맑은 날씨를 그토록 원하고 일정도 맞추어 짜왔건만 지난주에 그렇게 맑았던 날씨가 내가 오자마자 갑자기 추워졌다고 한다. 아침예보를 들어보니 파리에 머무는 이틀 연속 비가 온단다. 오 마이 갓! 파리에서의 비는 나와 떨어지려야 떨어질 수 없는 관계인가 보다. 4년 전에도 그랬던 것처럼…. 문득, 4년 전의 어두운 기억이 떠올랐지만 고개를 흔들어 애써 떨쳐냈다. 어떻게 온 파리인데, 날씨 때문에 물러설 수는 없었다. 한국과 달리 프랑스의 변덕스러운 날씨도 이번만큼은 나를 막을 수 없을 것이다.

아직 파리의 아침은 4월인데도 입김이 나올 정도로 춥다. 그러나 그 쌀쌀한 공기가 매우 상쾌해 아침 산책을 하기에 안성맞춤이다. 본격적인 하루 일정을 시작하기 전, 파리의 아침을 만끽하는 것도 좋은 방법이다. 아빠와 나는 아침 산책길에서 아직 열지 않은 상점의 쇼윈도를 보며 이것저것 이야기를 나누었다. 하루가 시작되기 전의 파리의 아침은 잔잔하고 조용해서 시간이 잠시 멈추어 있는 것 같았다.

여행 내내 날씨 눈치를 보지 않으려야 보지 않을 수가 없었다. 이놈의 파리 날씨는 왔다갔다 난리가 났다. 심지어는 상점에 들어갈 때 날씨와 나올 때 날씨가 달라서 우산을 폈다 접었다 아주 정신이 하나도 없었다. 여행 내내 비를 달고 다녔지만 덕분에 좋은 물건을 하나 만나기도 했다. andre라는 신발 가게에 들어섰을 때 파란색 장화 하나가 나를 기다리고 있었다. 나에게 너무나도 잘 어울리는 파란색 장화를 장만하자 이제는 더 이상 무서운 것이 없어졌다.

여행에 있어서는 날씨가 중요하다. 날씨에 따라 일정이 바뀌기도 하고 기분이 달라지기도 하기 때문이다. 파리의 날씨는 한국과 달리 변덕스럽다. 날씨가 좋은 날은 멀리 걸어가 보고, 비가 오는 날에는 시내를 돌아다니거나 건물 안으로 들어가는 일정을 짜면 될 것이다. 한국을 떠나기 전 우비와 장화, 두툼한 옷과 얇은 옷을 잘 조합해서 가지고 가야한다. 그리고 무엇보다 변덕스러운 날씨마저도 즐길 수 있는 마음을 함께 가지고 가야한다.

공항에 우리가 내릴 때쯤에는 약간에 비님도 내려 주시고 계셨다. 운치를 느끼기에는 너무 추웠다. 엄마는 캐리어를 끄시고 동물적인 길 감각으로 호텔을 찾아 앞장서 가신다. 엄마는 파리에 오기 전까지의 서울에서의 힘없는 모습은 간데없고 흡사 여전사 같았다. 아빠도 놀라신다. 더군다나 더 큰 짐을 끄시고 따라오시던 아빠가 뒤처지시기까지 하신다. 엄마의 이런 모습은 정말 보기 드물다. 엄마는 한번 갔던 길에 대해서는 모든 사람들이 인정할 만큼 잊어버리시지 않는다. 여행을 다닐 때는 그 덕을 톡톡히 본다. 걸어 다니는 내비게이션이 있는 이상 호텔까지 찾아가는 데는 문제가 없을 것이다. 구글에서 위성사진으로 호텔위치를 확인한 것뿐인데, 엄마는 그냥 동네 돌아다니시듯 씩씩하게 빗속을 뚫고 전진해 가신다.

호텔 근처에는 오페라 가르니에가 있었다. 밤에 보는 오페라 하우스는 온통 황금빛이었다. 조명 탓이었는데 정말 황금을 칠한 것 같다는 착각을 불러일으켰다. 황금빛 오페라 가르니에를 보며 그 웅장함과 화려함에 놀라움을 금하지 못했다. 우리는 찬바람을 맞으며 18 Rue d' Antin 길로 쭉 걸어와 드디어 호텔에 도착했다. 이번에도 한 치의 오차도 없이 우리는 호텔에 입성을 했다. 아빠는 오늘도 엄마를 칭찬하시고 엄마는 또 으쓱해 하신다.

우리는 호텔 바우처를 제출 후 짐 하나랑 사람 하나 간신히 탈 수 있는 엘리베이터에 몸을 실었다. 한 번에 짐까지 탈 수 없어 아빠는 다음 엘리베이터를 타고 올라오셨다. 우리의 방은 예약했을 때 조건대로 테라스가 있고 길가 쪽 방이다. 방안은 운치 있었다. 높은 천장이 있어 실내는 넓고 편안한 느낌을 주었다.

짐을 풀고 전선이란 전선은 다 코드에 꼽고 충전을 시작하신다. 핸드폰, 컴퓨터, 엠피쓰리, 사진기… 전선으로 연결해야 하는 것이 참 많다는 생각이 들었다. 전기가 없었다면 어찌되었을까. 아빠는 옷장에 입고 왔던 옷을 다 거시고 나는 카운터로 내려가 인터넷코드를 받아 올라와 인터넷을 연결했다.

우리는 어디를 가든 일사천리이다. 다들 본인들이 할 몫을 알고 있는 듯 재빠르게 움직인다. 하루아침에 이렇게 된 것은 아니다. 여행을 갈 때마다 아빠와 엄마 혹은 나와 엄마가 어느 정도의 진통을 겪어야만 했다. 다 본인들 입장에서만 얘기를 했기 때문이다. 그러나 이제는 아빠가 어떨 때 힘들어 하시는지 그럴 때는 아빠에게 어떻게 해 드려야 되는지 나는 안다. 예를 들어 울 아빠는 배가 고프시거나 졸리시면 매우 여행에 흥미를 잃어하신다. 그래서 아빠가 졸리다 하시면 되도록 호텔로 들어와 한 시간이라도 주무시게 한다. 그래야 아빠도 더 신나게 재미나게 즐기시기 때문이다. 나와 엄마는 그동안 무엇을 할까? 엄마와 나는 그럴 때 같이 휴식을 취하거나 아빠 주무시는 동안 나가서 소소한 것들을 구경한다. 엄마는 다른 것이 없다. 여행 와서 엄마가 말 한마디 안 하시게 해드리면 오케이다. 자유롭고 싶다는 엄마는 어디를 갈 때도 말씀 한마디 안 하시고 길을 찾으신다. 재주라 하면 재주라 할 정도다. 아빠는 그런 엄마를 보며 가이드를 해도 되겠다고 하신다. 이렇게 우리는 항상 각자의 포지션에서 최선을 다한다. 여행을 하는 동안 각자의 누릴 것을 최대한 누리고 각자가 잘 할 수 있는 것을 척척해내서 따로 또 같이하는 동반자이다. 누가 보면 흡사 전투조 같을지도 모른다. 동행이 되기 위해서는 각자 맡은 바를 충실히 해내야만 한다는 사실을 시간을 통해 배운 것이다. 과연 내가 언제까지 가족과 여행을 다닐 수 있을까? 자기 전엔 엄마가 찜질팩에 뜨거운 물을 담아오라 나를 시키신다. 찜질팩이 비행기 안에서 지친 몸을 풀어주어 여행 첫날의 피로를 없애준다 하시면서. 찜질팩을 아빠도 좋아하시면서 어깨에 대신다. 다들 좋으니 나도 좋다.

아직 밖은 깜깜한데 옆에서 소곤 소곤거림에 눈을 떴다. 엄마와 아빠는 아직 시차적응이 안 되시는지 5시에 일어나셨단다. 써머 타임 기간이어서 원래는 한국과 프랑스의 시차가 8시간이지만, 3월 28일부로 한국과 프랑스의 시차는 한국이 7시간 빠르다. 한국에 있었다면 오후 1시인데 숙소에 누워 있는 셈이라고 생각하니 새삼 파리에 있다는 사실이 새롭게 느껴졌다. 나 또한 너무 흥분되어 같이 일어나 수다를 떨었다. 지난밤 공항에서 숙소까지 찾아오던 일이 대화의 주된 주제였다.

지친 몸을 이끌고 호텔로 들어와 오는 길에 사온 과일을 먹었다. 아빠가 깎아주셔서인지 망고는 꿀맛 같았다. 그러고 있는 동안 옆에서 어느새 엄마가 일찍 주무신다. 저녁 먹고 자야 한다고 그렇게 얘기해도 엄마는 새근새근 주무신다. 아빠와 나는 밖에 나가

저녁을 먹고 오려 했지만 우리 또한 힘들고 지쳐있긴 마찬가지였다. 엄마의 일용할 양식에 슬쩍 손을 대서 하나 둘씩 까먹고 어느샌가 그대로 쓰러져서 잠들었다.

"악! 이게 뭐야 엄마!"

본격적인 여행이 시작된 후로는 숙소에서의 아침은 이렇게 시작되었다. 하루 종일 열심히 돌아다니다가 호텔로 돌아온 후 잠시 휴식을 취하기 위해 침대에 눕는다. 눕자마자 아빠는 벌써 코를 고신다.

'피곤하셨겠지. 사실 우리가 많이 돌아다니기는 했지. 모빌리스 본전을 찾으려고 엄청 돌아다녔으니까' 하고 생각하니 슬쩍 웃음이 났다.

"가은아, 한 시간만 자고 일어나서 밥 먹으러 가자!"

엄마가 나지막이 말씀하셨다. 이때까지도 우리는 이 한 시간이 아닌 열두 시간이 될 줄은 꿈에도 상상하지 못했다. 우리가 일어난 시간은 1시간 뒤가 아닌 아침 7시였다. 정말 피곤하긴 피곤했던 모양이다. 누구하나 일어나지 않고 그 긴 시간 동안 내리 잤다니.

여행에서 편안한 잠자리를 중요시하는 사람이라면 좋은 호텔을 찾으면 된다. 그러나 숙소를 여행에 지친 몸을 쉬게 하는 곳이라고 생각하는 사람이라면 Best Western Hotel이나 Hotel Blackstone 같은 곳을 추천하고 싶다. 가격대비 만족도가 높다고 추천을 받았던 곳인데 과연 명성대로였다. 많이 돌아다니는 우리 같은 여행객이 밤에 돌아왔을 때 편안한 느낌을 주는 곳이었고, 파리 시내를 관광하기에 위치도 편리했으며, 무엇보다 조식이 맛있었다. 파리에는 별 한 개짜리 호텔도 괜찮다. 성인 한 사람이 들어갈 정도의 작은 문에 들어서면 엘리베이터 없이 다 계단이 있는 구조가 꼭 알프스 산장에 온 것 같은 분위기를 풍겨도 나름의 이국적 운치가 넘친다. 걷기 여행을 하는 이라면 따뜻한 물이 나오고 푹신한 침대만 있다면 어디든 상관없지 않을까. 바로 그런 숙소가 파리에 기다리고 있다.

PRESSING

아빠와의 8일간의 동행
From Paris

에필로그

기념품을 다 사고 호텔로 가서 맡긴 짐을 다시 찾은 뒤 우리는 Roissy Bus 루아시 버스에 올랐다. 루아시 버스를 타는 내내 가슴이 아팠다.

'이렇게 파리를 떠나야 하는 구나, 아… 다음에도 꼭 와야지. 그땐 친구들이랑 와봐야겠다. 친구와 함께 오는 파리는 어떤 느낌일까. 혼자서 오는 파리는 또 어떨까.'

이런 저런 생각을 하다 공항까지 가는 내내 잠이 들어버렸다. 잠에서 깨고 나니 벌써 Charles de Gaulle 공항이었다.

'안 돼. 벌써 가는 거야? 난 자느라고 프랑스 경치도 보지 못했는데.'

파리에서의 마지막을 잠으로 보낸 스스로를 자책하면서 티케팅하는 장소로 움직였다. 거기 있는 예쁜 언니가 6시에 오란다. 어딜 가나 공항에는 예쁜 언니들이 있나 보다. 대략 한 1시간 정도 시간이 남은 우리는 자판기에서 콜라를 빼서 마신 뒤 공항 카페 의자에 앉아서 여태까지 다녔던 파리 곳곳의 사진들을 훑어보고 수다를 떨었다. 아빠도 아쉬우신지 다음에 또 오자고 하신다. 나만 아쉬운 줄 알았는데 우리 가족 모두가 다 아쉽나 보다.

비행기에 오른 우리는 너나 할 것 없이 바로 잠이 들어버렸다. 파리에서 시간을 빡빡하게 쓰긴 한 모양이다. 여행의 재미에 빠져 피곤하고 지치는 줄도 몰랐다가 자리에만 앉으면 잠에 빠져버린다. 그렇게 정신없이 자고난 뒤 일어나 보니 서울까지 가는 비행기 시간은 고작 3시간 밖에 남지 않았다.

'우리가 도대체 몇 시간을 잔거야?'

머릿속으로 정신없이 계산을 해보니 무려 우린 8시간을 잔 것이다. 밥도 먹지 않고. 방송으로 30분 뒤 인천공항에 내린다고 하는 소리를 듣고 헤드폰을 걸고 비디오를 껐다.

드디어 인천이다. 멀리 인천대교가 보였다. 참 길구나. 인천에 내려 차를 찾으러 주차장으로 향하는 우리는 파리와는 사뭇 다른 공기에 다시 한 번 놀랐다. 엄마 차에는 언제 황사가 왔는지 뿌연 먼지가 싸여있어서 문을 제대로 열수가 없었다. 파리에 있는 동안 한국은 또 그렇게 시간이 흘러가고 있었나 보다. 엄마가 운전을 하고 오는 내내 나는 다시 잠이 들었다.

집 문을 여는 순간 김치찌개 냄새가 코를 찔렀다. 앗. 할머니다!! 아싸 할머니께서 나를 위해 좋아하는 모든 음식들과 반찬들을 해주시러 오셨나보다.

"할머니!!!!!!!!!!!"

할머니를 이리저리 찾았다.

"아이고 내 새끼. 왜 이렇게 일찍 왔어? 파리는 어땠니?"

할머니가 해주신 음식은 입에 착착 달라붙었다. 한국에 돌아와 있다는 사실이 입을 통해 온몸으로 퍼져나갔다. 할머니와 얘기를 나누는 내내 다시 현실로 돌아와 있는 내 모습에 알 수 없는 씁쓸함이 밀려들었다.

'그래 준비한 만큼 보고 느끼고 왔으니까 됐어. 다시 가면 되잖아.'

스스로를 다독였다. 마음속으로는 파리를 꼭 다시 가겠다는 다짐을 했다.

요즘 나는 프랑스어 공부에 한창 열을 올리고 있다. 현지 여행을 할 때 영어 말고 그 나라 언어를 말하고 들을 수 있다면 훨씬 더 많은 것을 얻을 수 있을 거라는 생각 때문이었다. 프랑스어를 배워두면 파리 뿐만 아니라 프랑스의 역사가 지나갔던 다른 곳에 갔을 때도 더 많이 보고 배울 수 있을 것이란 생각 때문이다. 이렇게 하나하나 다시 준비해서 다시 떠날 날을 기다리고 있다.

파리야 기다려라. 내가 간다!!!